내가 나를 낳는다

내가 나를 낳는다

일지 이승헌의 365일 명상집

일지 이승헌 지음

한문화

참나를 찾아가는 여행

인생은 나와 동행하며 나를 알아가는 여행입니다. 내가 '나'라고 알고 있는 눈에 보이는 존재가 나의 전부는 아닙니다. 우리 내면에는 우리가 아는 것보다 훨씬 더 지혜롭고, 강하며, 아름다운 내가 있습니다. 인생은 그 참나를 발견하고 새로운 나를 낳는 여정입니다.

우리가 참나를 '낳아야' 하는 이유는 나라는 존재를 스스로 깨닫고 발견하는 일이 저절로 이루어지지 않기 때문입니다. 참나로 살아가기 위해서는 의식적으로 선택해야 하고, 늘 깨어 있어야 합니다. 새로운 생명을 낳기 위해 산모가 기꺼이 고통을 견디듯, 참나를 탄생시키는 과정에서도 우리는 다양한 도전에 직면합니다.

내가 나를 낳기 위해서는 나를 찢고 나와야 합니다. 내가 아닌 것들에 집착해서는 진정한 나를 만날 수 없습니다. 어제의 나를 고집해서는 오늘 새로운 나로 살아갈 수 없습니다. 과거의 기억과 습관에 붙들려 익숙하고 편안한 것에 안주하려는 나, 두려움과 불안 때문에 변화를 미루는 나를 과감히 찢고 나와야 새로운 나를 낳을 수 있습니다.

참나를 탄생시키면 더 이상 자신이 아닌 다른 사람으로 살아가지 않을 수 있습니다. 한 인간으로서 마침내 영적인 독립을 이루는 것이며, 그 순간 우리는 마치 신생아가 첫울음을 터뜨리듯 "나는 나다! 내 안에는 참나가 있다!"라고 당당히 선언할 수 있습니다.

그 후로는 스스로 선택한 가치와 삶의 목적에 따라 원하는 인생을 창조할 수 있습니다. 참나와의 만남은 개인의 삶을 근본적으로 변화시킬 뿐만 아니라, 더 나은 세상을 만드는 가장 강력한 힘이기도 합니다. 세상을 바꾸는 것은 사람이며, 깨어난 사람들이 깨어난 세상을 만들 수 있기 때문입니다. 참나로 살아가는 것은 자기 자신과 세상에 줄 수 있는 가장 큰 사랑입니다.

당신이 인생의 어느 길목에 서 있든, 어떤 문제와 씨름하고 있든, 참나와의 만남은 분명 당신에게 방향을 제시해 줄 것입니다. 무엇을 추구하든 내적 만족 없이는 진정한 행복을 느낄 수 없으며, 우리의 영적 갈증은 참나를 만남으로써 비로소 해소될 수 있습니다.

우리의 몸은 부모님에 의해 이 세상에 단 한 번 태어나지만, 정신은 우리의 선택에 따라 언제든지 새롭게 태어날 수 있습니다. 이 책이 당신 안에 존재하는 무한한 창조성과 삶에 대한 뜨거운 열정, 그리고 생명에 대한 깊은 사랑을 다시금 일깨워 주기를 바랍니다.

일지 이승헌

차 례

채널을 '나'에게로 돌려라

우리의 참나는 작고 초라한 존재가 아닙니다. 크고 밝고 아름다운 완전한 존재입니다. 내 안에 쌓인 수많은 정보와 감정을 뚫고 들어가면, 그 아래에는 어떤 정보에도 오염될 수 없는 순수한 생명이 있습니다. 그 생명은 남들이 나를 어떻게 생각하고 평가하는지, 내가 나 자신을 어떻게 받아들이는지와 아무 상관이 없습니다. 그저 있는 그대로 순수하고 완전한 생명이 내 안에 있습니다. 이 생명을 만나려면 내 안에 집중해야 합니다. 바깥을 향해 맞추어져 있던 채널을 나에게로 돌려야 합니다. 스스로에게 약속해 주세요. 내면의 진실한 목소리에 귀 기울이고, 그 목소리에 따라 살아가겠다고 다짐해 주세요.

스스로에게 힘을 주라

좋은 메시지는 다른 사람에게서만 오는 것이 아닙니다. 책이나 영화 같은 미디어에서만 오는 것도 아닙니다. 사실 우리는 늘 자신에게 많은 메시지를 주고 있습니다. 그중에는 힘을 주는 메시지도 있고, 힘을 빼는 메시지도 있습니다. 내 안에서 어떤 종류의 메시지가 나오는지 유심히 관찰해보면 내 마음 상태를 알 수 있습니다. 부정적인 메시지가 습관적으로 튀어나오는지, 아니면 스스로를 응원하는 메시지가 자주 나오는지 살펴보세요. 그리고 누군가가 내 기운을 꺾는 말을 할 때, 속으로 맞장구치며 스스로를 깎아내리지 마세요. 즉시 참나의 필터로 걸러내고 스스로에게 희망과 자신감을 주는 메시지를 말해주세요. 당신을 가장 믿고 격려해야 할 사람은 바로 당신입니다.

나 자신과 연결하는 시간

진정한 '나'로 살고자 한다면 가장 먼저 자신과 연결하는 것부터 시작해 보세요. 하루를 마무리할 때는 종일 외부에 집중되어 있었던 시선을 거두어 내면을 들여다보는 시간을 가져보세요. 조용히 눈을 감고 내 안의 나와 만나 대화를 나누다 보면 고민거리에 대한 답을 얻을 수도 있습니다. 이 시간은 내가 나에게 생기를 불어넣는 시간입니다. 여러 생각과 감정, 스트레스로 위축된 몸과 마음을 이완하고 나에게 온전히 집중하며 스스로를 사랑하는 시간입니다. 진정한 나로 산다는 것은 다른 사람의 시선이나 기대에 끌려다니는 것이 아니라 '내 영혼이 원하는 삶'을 사는 것입니다. 그렇게 하려면 자신의 영혼을 느끼고, 자신과 대화하는 시간을 자주 가져야 합니다.

선택의 힘

운명을 바꾸려면 가장 먼저 자신이 스스로 선택할 수 있는 존재라는 것을 알아야 합니다. 남이 뭐라고 하든지 내가 선택한 것이면, 내가 귀하다고 생각한 것이면 길가에서 주워온 작은 돌멩이 하나도 소중한 법입니다. 스스로 결정하고 선택했기 때문에 어떤 것보다도 소중하고 의미가 있습니다. 모든 것을 내가 책임지겠다는 마음만 있다면, 삶은 지극히 단순하고 명확해집니다. 운명을 바꾸기 위해 특별한 영감이나 기적이 필요한 것은 아닙니다. 자신의 길을 스스로 판단하고 선택하고 결심하면 됩니다. 그리고 그 선택과 결심을 정직하고 성실하고 책임감 있게 실천하는 것입니다. 우리에게는 자기 인생의 방향을 선택할 힘이 있습니다. 나를 돌아보고 성찰하며 '나는 이렇게 살겠다'라고 꿈꾸고 선택하는 힘, 그 힘을 믿고 꿈을 향해 나아가세요. 그 힘이 나를 바꾸고 운명을 바꿉니다.

인생은 발명하는 것

인생은 정해진 틀대로 사는 것이 아닙니다. 인생은 기성품의 형태로 존재하는 것이 아닙니다. 인생은 참나의 목소리를 따라 스스로 '발명'하는 것입니다. 세상에는 행복과 성공에 관한 온갖 좋은 말들이 넘쳐나지만, 그것은 다른 사람들의 말일 뿐입니다. 남의 생각, 남이 제시한 답에 맞추어 살지 마세요. 스스로 묻고, 선택하고, 그 선택에 최선을 다하면서 자기 삶의 주인으로 살아야 합니다. 스스로 찾은 삶의 의미와 목적을 향해 자신의 생명 에너지를 마음껏 쏟아부으세요. 그것이 자기 인생을 발명하는 길입니다.

밝은 의식을 되찾아라

진정한 나로 산다는 것은 무엇을 더하는 것이 아니라, 원래의 자연스러운 상태로 돌아가는 것입니다. 자연스러워질 때 우리 안에 있는 밝은 의식이 깨어납니다. 의식이 밝아지면 세상을 있는 그대로 볼 수 있습니다. 캄캄한 밤에 사물을 명확하게 볼 수 없듯이, 의식이 어두울 때는 현실을 있는 그대로 보기가 힘듭니다. 선입견, 감정, 욕망과 같은 에고의 장막이 현실을 왜곡합니다. 밝은 태양이 떠오르면 어둠이 걷히고 만물이 본래의 모습을 드러내듯, 내 안이 밝아지면 어둠 속에서 보이지 않던 것들이 모습을 드러냅니다. 진정한 나로 살기 위해서는 본래의 밝은 의식을 되찾고, 그 빛으로 자신의 내면과 삶을 비추어야 합니다.

스스로를 관찰하라

적어도 하루에 한 번은 천천히 숨을 고르며 명상의 시간을 가져보세요. 명상의 시작은 '바라봄'입니다. 자신의 내면 풍경이 어떠한지 관찰해 보세요. 지금 내 마음이 기쁜지, 슬픈지, 화가 나 있는지 살펴보세요. 내가 어떤 문제에 놓여 있는지, 무엇에 집착하고 있는지, 어떤 생각을 하고 있는지 담담하게 바라보세요. 흙탕물에서는 물밑이 보이지 않지만, 물이 맑아지면 물밑을 잘 볼 수 있습니다. 자신을 관찰하는 것은 흙탕물을 가라앉히고 마음속 쓰레기를 건져 내는 '의식을 정화하는 작업'입니다. 관찰과 정화 없이 그저 살아가는 데만 급급하면 마음속에 쓰레기들이 쌓여 감정의 독소를 만들어낼지 모릅니다. 그러니 때로는 힘차게 굽이쳐 흐르는 강물처럼 내닫고 도전하는 삶을 살다가도, 때로는 맑고 고요한 호수처럼 정화와 휴식의 시간을 가져야 합니다. 자기 모습을 정확하게 바라볼 때 스스로를 바꿀 힘이 생깁니다.

두려울수록 단순해져라

진정한 용기는 더 이상 한 발짝도 앞으로 나아갈 수 없을 것 같은 상황에서 한 번 더 마음을 다잡는 것입니다. 모든 것이 갖추어진 상태에서는 누구나 용기를 낼 수 있지만 모두가 불가능하다고 말하는 상황에서 환경에 굴복하지 않고 스스로를 북돋우며 다시 도전하는 사람은 드뭅니다. 진정한 용기는 마음 안에서 일어나는 의식의 대변화입니다. '그럼에도 불구하고, 다시 한번 해보자!'라고 결심하는 것입니다. 그렇게 마음을 크게 먹으면 두려움이 사그라듭니다. 환경은 조금도 달라지지 않았는데 왠지 할 수 있다는 자신감이 솟아나고, 장애가 작게 보이기 시작합니다. 용기는 단순함에서 나옵니다. 생각이 복잡하면 결단력이 나오지 않습니다. 두려움이 일어날수록 단순해지세요. 복잡한 곁가지들을 쳐내고 지금 내가 선택하고 행해야 하는 것에 집중하세요.

절대 가치를 찾아라

우리는 사회에서 중요하게 여기는 가치를 추구하는 데 익숙합니다. 성공, 돈, 지위, 외모, 스펙 등을 통해서 자신의 존재 가치를 인정받는다고 생각합니다. 하지만 사회적인 가치가 전부가 아님을 기억해야 합니다. 사회적 가치에만 집착하면 불안과 걱정, 두려움에서 벗어날 수 없습니다. 남보다 더 잘하고, 더 많이 갖고, 더 잘 살아야 한다는 끊임없는 비교와 경쟁 속에서 혹시라도 내 가치가 다른 사람들보다 떨어질까 봐 노심초사하게 됩니다. 비교와 경쟁에 기반한 상대적이고 유한한 가치는 우리에게 결코 진정한 만족을 가져다줄 수 없습니다. 진정한 만족은 절대적인 가치를 발견하는 데서 옵니다. 사회나 다른 사람이 정한 것이 아니라 내가 스스로 선택한 가치에서 옵니다. 다른 누구와 비교할 필요도 없고, 비교될 수도 없는 나의 가치를 찾으세요. 내면에 집중했을 때 만날 수 있는 영원하고도 비교 불가능한 절대적인 가치가 있습니다. 그 가치를 찾은 사람은 사회나 다른 사람이 강요하거나 기대하는 삶이 아닌 자신의 삶을 살 수 있습니다.

진짜가 되어라

자신을 솔직하게 바라보는 것은 때로 고통스럽지만 성장을 위해 필요한 용기입니다. 우리는 어린아이처럼 순수하고 진실해지는 법을 배워야 합니다. 그 진실이 아무리 작고 초라해도 진실은 그 자체로 힘이 있습니다. 자신과 마주했을 때, 자신이 원하던 모습과 다르더라도 너무 괴로워하지 마세요. 우리 안에는 밝고 강한 모습도 있지만 어둡고 약한 모습도 있습니다. 그 어둠과 약함을 있는 그대로 바라보는 것도 용기입니다. 나의 부족함을 볼 수 있을 때 겸손해질 수 있습니다. 참된 성장을 위해서는 먼저 진실해야 합니다. 다른 사람에게 잘 보이기 위해서 커 보이는 가짜가 되기보다는, 작더라도 진짜가 되려고 노력하세요. 작은 진짜로 시작해서 점차 키워나가면 됩니다. 우리의 본질은 도금이 필요 없는 순금입니다. 아무리 빛나고 멋있어 보일지라도 언젠가는 변색하고 말 도금에 귀한 시간과 생명을 허비하지 마세요. 어떠한 순간에도 진짜가 되어 참나로 살아갈 것을 선택하세요.

자존감

자존감은 자신을 소중하게 여기고 사랑하는 마음입니다. 진정한 자존감은 비교나 경쟁에서 얻어지는 것이 아닙니다. 다른 사람이 나를 인정하면 기분이 좋고, 나보다 더 잘나 보이는 사람을 만나면 스스로가 하찮게 느껴지는 감정과는 무관합니다. 진정한 자존감은 참나를 아는 데서 옵니다. 우리의 참나는 본래 지혜로우며 거룩하고 고귀한 존재입니다. 그렇기 때문에 참나를 알게 되면 스스로 자신이 존귀해질 수밖에 없습니다. 자기 안에 그 어떤 것으로도 훼손되지 않는 참나가 있음을 알면 자신을 깊이 사랑할 수밖에 없습니다. 진정한 자존감은 비교를 통해 얻는 상대적인 가치가 아니라, 조건 없이 내면에서 솟아나는 절대적인 존재감입니다. 비교로 얻는 자존감은 새로운 비교 대상이 나타나면 하루아침에 열등감으로 바뀔 수 있습니다. 때로는 다른 사람을 무시하는 치졸한 우월감이 되기도 합니다. 어떤 순간에도 진짜 자존감으로 충만하기를 원한다면 당신의 참나를 만나세요.

지금의 나를 만나라

지금, 이 순간을 잘 살려면 과거에 집착하지 마십시오. 지난 시절을 아무리 그리워하거나 후회해도 지금 할 수 있는 것은 오직 지금의 나를 만나는 것뿐입니다. 과거의 내가 아닌 지금의 나에 집중하세요. 어제의 나와 작별하고 오늘의 나를 만나세요. 오늘을 온전히 살아야 더 나은 내일도 있습니다. 과거에도 빠지지 말고, 미래에도 홀리지 마세요. 지금, 이 순간만이 진짜입니다. 후회와 걱정을 내려놓는 유일한 길은 지금의 나를 온전히 만나는 것입니다.

참나와 영혼

우리의 진정한 가치는 늘 변화하는 외형적인 것에 있지 않습니다. 외형적인 것은 언제든지 허물어질 수 있습니다. 돈이나 명예는 있다가도 사라질 수 있고, 우리 몸도 시간이 지나면 늙고 병들어 결국은 죽음을 맞이하게 됩니다. 그러나 삶의 마지막 순간에도 쇠퇴하는 몸을 담담히 지켜보는 '나'가 있습니다. 그 '나'는 내 이름도, 몸도, 생각도 아닙니다. 나의 지식이나 경험, 내가 소유한 것들도 아닙니다. 성공이나 실패도 아닙니다. 그 모든 외형적이고 인위적인 가치들을 떠나 홀로 존재하는 참나가 있습니다. 그것은 바로 우리의 '영혼'입니다. 죽음의 순간에 이 세상에서 가져갈 수 있는 유일한 것이 바로 자신의 영혼입니다. 영혼은 죽음을 넘어 항상 함께하는 존재의 본질입니다. 내 영혼이 바로 내가 찾고 있는 '참나'입니다. 그 '나'를 찾고, 그 '나'와 만나야 합니다.

행복에 대한 착각

진정한 행복은 행복해야 한다는 강박에서 자유로워지는 것입니다. 더 행복한 삶의 조건을 채워가는 것이 아니라 행복의 조건 자체로부터 자유로워지는 것입니다. 누가 있어야 행복하고, 무엇을 가져야 행복한 그런 조건부 행복은 언제든 무너질 수 있습니다. 행복해야 한다는 강박에서 벗어나세요. 세상이 말하는 행복이나 불행에 대한 틀과 관념에서 자유로워지세요.

알아차리는 주체에 집중하라

어떤 이에게 "당신의 내면에 아름답고 고귀한 참나가 있습니다."라고 하니 이렇게 말했습니다. "정말 그런가요? 다른 사람의 마음은 어떤지 모르겠지만, 제 마음에는 악취 나는 쓰레기가 더 많은 것 같아요." 그런 생각이 들 법도 합니다. 마음을 들여다보면 자만심, 편견, 이기심, 시기, 질투, 불평불만으로 가득 차 있는 것처럼 보이니 말입니다. 그런 자기 모습을 대면하면 자신이 한심하게 느껴져 자책하기 쉽습니다. 그런데 거기서 멈추지 말고 조금만 더 들어가 보세요. 당신의 마음을 들여다보며 "쓰레기가 가득 찼다"라고 말하는 주체는 무엇입니까? 당신의 편견과 이기심, 불평불만을 알아차리는 것은 무엇입니까? 그 알아차린 주체가 바로 '참나'입니다. 그러니 쓰레기에 집중하지 마세요. 그것이 쓰레기임을 알아차린 그 마음에 집중하세요.

변화는 그냥 오지 않는다

해가 바뀐다고 해서 저절로 새로워지는 것은 아닙니다. 나이가 한 살 더 먹었다고 내 삶에 변화가 저절로 찾아오는 것도 아닙니다. 자연의 순환에 따라 해가 바뀌고 계절이 바뀌지만, 그 변화에 의미를 부여하고 새로움을 선택하는 것은 나 자신입니다. 지난 한 해를 통해 무엇을 배웠고, 그 배움을 앞으로의 삶에 어떻게 적용할지 성찰하지 않으면, 한 살 더 먹는다고 해서 더 지혜로워지지는 않습니다. 한 학자가 95퍼센트의 사람들이 어제도 오늘처럼, 한 달 전이나 지금이나 아무런 변화 없이 살아간다고 말했습니다. 새로움은 그냥 오는 것이 아닙니다. 의식적으로 추구하고 선택하는 사람에게만 옵니다. 선택하지 않으면 새로운 삶의 길은 열리지 않습니다. 참나의 목소리를 따라 살고 싶다면, 그러한 삶을 진심으로 선택해야 합니다.

나는 나다

나의 참가치는 주위와 비교할 수 없는 절대적인 가치입니다. 학력이나 사회적 지위, 은행의 잔고가 나의 실체는 아닙니다. 그것이 나의 참가치는 아닙니다. 우리의 영혼이 깨어날 때 우리는 자신의 참가치를 깨닫고 '나는 나다'라고 선언할 수 있습니다. 나는 나 이외의 아무것도 아닙니다. 그냥 나일 뿐입니다. 그 어떤 것과도 비교할 수 없는 '나는 나'입니다. 이 세상을 그 '나'로 사는 것, 그것이 자유롭고 창조적인 삶의 비밀입니다.

자기 우물을 파라

자기 우물이 없이 늘 남에게 물을 얻어 마셔야 한다면 갈증을 해소하기 어렵습니다. 다른 사람이 나를 인정해 주고, 사랑해 줘야만 힘이 난다면 늘 목이 마를 수밖에 없습니다. 누구에게나 자기만의 우물이 있습니다. 그 우물에서 맑은 샘물을 마셔야 합니다. 자기 우물 없이 남한테 물을 얻어 마시러 다니는 삶은 피해야 합니다. 누군가가 항상 나를 위해 물을 준비해 줄 것이라는 보장은 없습니다. 물이 있어도 내가 싫거나 기분이 나쁘면 물을 나누어주지 않을 수도 있습니다. 하지만 자기 우물이 있다면 목이 마를 때마다 언제든지 시원한 물을 마실 수 있습니다. 내 안에 참나라는 우물이 있습니다. 갈증을 채우고도 남을 무한한 사랑과 기쁨, 평화가 있습니다.

참나를 사랑하라

세상이 평가하는 성공이 나의 가치를 전부 측정한다고 생각하면 우리는 위축될 수밖에 없습니다. 나에 대한 가치 판단의 기준은 세상에 있는 것이 아니라 나 자신에게 있습니다. 스스로 자기 가치를 인정하지 못하고 주위의 평가에 연연하면 불안해집니다. 그러다 보면 인생 전체를 남의 기준에 맞추어 살게 됩니다. 진실한 나의 삶을 살고 싶다면 참나를 만나세요. 그리고 그 나를 사랑하세요. 가슴이 터지도록 미치도록 사랑하세요. 나를 사랑하는 만큼 내 삶이 사랑으로 차오를 것입니다.

명상의 핵심

일상의 모든 경험은 훌륭한 명상이 될 수 있습니다. 스트레칭을 하면서 한 동작 한 동작에 집중하는 것, 원하는 대로 진행되지 않는 업무를 돌아보며 개선할 방법을 고민하는 것, 이 모든 것이 명상입니다. 자극에 대한 즉각적인 반응을 잠시 멈추고 마음을 자신에게로 돌려 자기 내면을 보는 것이 명상의 핵심이기 때문입니다. 명상은 생명현상과 삶의 경험을 생각이나 감정, 관념의 필터 없이 있는 그대로 바라보는 것입니다. 숨 쉬고, 밥 먹고, 잠자고, 배설하는 것, 일하고 노는 것, 생각과 감정, 말과 행동, 습관들을 참나의 눈으로 비추어 보세요. 그러면 일상의 모든 순간이 명상이 됩니다.

새 길을 내라

묵은 습관을 바꾸는 방법 중 하나가 좋은 습관을 새로 만드는 것입니다. 새 길을 넓게 내면 옛길은 수풀에 덮여 사람들의 발길이 끊기듯이 습관도 그렇습니다. 안 좋은 습관을 버리는 것에 집중하기보다는 긍정적인 감정을 불러일으키는 새로운 경험을 반복해 보세요. 부정적인 습관에 선전포고를 하는 대신, 관심을 다른 데로 돌려보는 것입니다. 마치 뇌에 새로운 스타일의 옷을 선물하듯 이전과는 다른 시도를 해보세요. 새로운 일을 시작하거나 새로운 습관을 만드는 과정은 아직 만들어지지 않은 길을 가는 것과 같습니다. 한두 번 걸어서는 길이 만들어지지 않지만 계속해서 걷다 보면 그 발자취들이 남아 길이 됩니다. 뇌에 새로운 회로가 만들어지는 과정도 이와 같습니다. 수없이 반복하면서 새로운 회로가 생길 때, 삶에도 변화가 일어납니다.

나를 찾은 기쁨

우리는 아주 좋은 일이 생기면 "날아갈 듯 기쁘다"라고 말하곤 합니다. 하지만 이 기쁨은 오래가지 않고 금방 사라집니다. 이에 반해 아주 오래 가는 기쁨이 있습니다. 이 기쁨은 단순히 좋은 일이 생겼을 때만 느껴지는 것이 아닙니다. 좋은 일이든 나쁜 일이든 삶의 배경음악처럼 늘 우리와 함께하는 기쁨입니다. 태풍이 몰아치고 벼락이 내리쳐도 흔들리지 않는, 고요하면서도 또렷한 의식에서 나오는 기쁨입니다. 이것은 자신을 깨닫는 기쁨이고, 진정한 나를 찾은 기쁨입니다. 인간으로 태어났다면 누구나 이러한 기쁨을 느껴보아야 합니다.

저항이 올라올 때

아무리 큰 결심을 하고 새로운 선택을 하더라도 저항이 생기게 마련입니다. 몸에 밴 과거의 습관이 맹렬하게 버티며 적당히 타협하자고 유혹하기도 합니다. 마음속에서 저항이 올라올 때는 이렇게 생각해 보세요. '아, 내가 지금 바뀌려고 이러는구나. 속도를 더 높여야 할 때구나.' 이럴 때일수록 속도를 줄이거나 멈춰서는 안 됩니다. 정확한 목표를 향해서 속도를 더 내야 합니다. 장애를 돌파할 때는 최고 속도를 내야 빨리 뚫고 나아갈 수 있습니다. 머뭇거리다가는 다시 원점으로 돌아가기 쉽습니다. 비행기가 이륙할 때 최고 속도를 내야 공중으로 떠오를 수 있습니다. 이때 속도를 줄이면 절대 하늘을 날 수 없습니다. 정말로 새로운 나로 살고자 한다면 저항이 올라오는 그 순간, 가속페달을 힘껏 밟으세요. 그리고 하늘로 날아오르세요.

오늘은 중요한 날

오늘은 아주 중요한 날입니다. 왜냐하면 내가 그렇게 정하고 선택했기 때문입니다. 나는 정말 소중하고 아름답고 위대한 존재입니다. 그것 역시 내가 그렇게 정하고 선택했기 때문입니다. 우리는 삶의 의미를 스스로 창조하고 선택할 수 있는 위대한 의식을 가진 존재입니다. 이 의식을 활용하면 삶의 모든 순간을 아름다운 예술로 만들 수 있습니다.

순금은 도금할 필요가 없다

순금은 도금할 필요가 없습니다. 순금은 언제 어디서나 빛납니다. 금이기 때문에 금인 척할 필요가 없습니다. 진짜는 포장하거나 허세를 부릴 필요가 없습니다. 진짜가 되면 누구도 나를 속박할 수 없습니다. 반면에 자신이 순금이 아닌 납이나 동이어서 항상 도금해야 한다고 생각하면 늘 불안하고 무언가에 쫓기게 됩니다. 그러나 우리는 모두 '참나'라는 순금을 품고 있습니다. 그러니 도금해야 한다는 강박에서 벗어나 기쁘게 순금으로 살면 됩니다. 없는 것을 만들어내야 하는 것이 아니라 이미 내 안에 있는 것을 인정하고 찾기만 하면 됩니다.

겸손할 때 간절함이 생긴다

자만심으로 가득 차 있는 사람은 간절함이 없습니다. 자기가 꽉 차 있기 때문에 간절함이 들어설 자리가 없고, 새로운 것을 받아들일 수도 없습니다. 새로운 것을 받아들이지 못하기 때문에 변화도 없습니다. 변화 없이는 성장도 없습니다. 겸손할 때 간절한 마음이 생겨나고, 그 간절한 마음이 변화를 만들어냅니다.

Take back your brain!

우리는 다양한 사회 시스템과 그 시스템이 만든 신념 체계 속에서 살아갑니다. 정치, 경제, 교육, 종교, 문화 등 자신이 속한 사회의 영향에서 완전히 자유로운 사람은 없습니다. 사회 시스템은 사람들이 자신의 참다운 가치를 찾고 모든 생명을 이롭게 하는 데 기여해야 합니다. 하지만 안타깝게도 그 반대 역할을 할 때가 많습니다. 그러니 당신의 뇌를 사회 시스템에 맡기지 마세요. 그들이 당신의 뇌를 마음대로 조종하도록 방치하지 마세요. 사회 시스템이 당신의 인생을 책임져줄 거라 기대하지 마세요. 다른 사람이나 사회가 '이것이 당신의 인생이다'라고 그려준 정형화된 그림을 쫓으며 살지 말고 당신의 진짜 삶을 사세요. 모든 답은 당신 안에, 당신의 뇌 속에 있습니다. 당신의 뇌를 되찾고, 당신의 인생을 되찾으세요. Take back your brain!

자신으로부터 뇌를 되찾아라

과거의 정보, 습관, 막연한 두려움 속에 갇힌 뇌를 되찾아
야 합니다. 어떤 상황에서도 내 인생을 스스로 개척하고 창
조할 수 있다는 확신이 든다면, 지금 이 순간의 새로움에
눈뜬다면 당신은 뇌를 되찾은 것입니다.

하루를 돌아보는
시간을 가져라

하루를 잘 마무리하는 것은 잘 시작하는 것 못지않게 중요합니다. 하루를 마감하며 그날의 경험을 되돌아보고 성찰하는 습관은 우리를 더 나은 사람으로 만듭니다. 오늘 하루를 돌아보며 내가 얼마나 영혼의 에너지를 썼는지, 인간관계에서 어떤 성장이나 부딪힘이 있었는지 잠시 생각해 보세요. 어떤 일은 완료했고 어떤 일은 마무리하지 못했다면 그 이유는 무엇인지 생각해 보세요. 오늘의 생각, 감정, 습관, 태도를 성찰하는 시간을 가지며, 잘한 일에 대해서는 스스로를 칭찬하는 것도 잊지 마세요. 후회나 아쉬움이 드는 부분이 있다면 어떻게 개선할지 구체적으로 생각하고 결심해 보세요. 그 후에 내일 할 일을 정리하며 계획을 세우세요. 이렇게 오늘을 점검하고 내일을 설계하는 습관은 삶을 매일 조금씩 더 생산적이고 창조적이고 조화롭게 바꿔줄 것입니다. 자기 점검과 성찰을 통해 내면을 정화하는 습관은 부정적인 감정이 삶의 장애로 작용하는 것을 막아줍니다. 하루를 마무리하는 시간은 나와 만나고, 나를 다듬어나가는 소중한 시간입니다.

희망은 강력한 힘이다

희망은 강력한 힘입니다. 아무것도 없는 상황에서도 희망
이 있으면 새로운 것을 창조할 수 있고, 어떤 절망적인 상
황에서도 희망이 있으면 어려움을 극복할 수 있습니다. 희
망을 선택하는 데는 어떤 전제조건도 필요치 않기 때문입
니다. 돈이 많아야, 젊어야, 누가 옆에 있어야 희망을 품을
수 있는 것이 아닙니다. 희망은 그냥 품는 것입니다. 희망
은 스스로 찾고, 찾아도 없으면 만들어야 하는 것입니다.

무엇이 필요한지 알아야

자신에게 무엇이 필요한지 정확히 아는 사람에게는 필요한 것이 나타나게 되어 있습니다. 하지만 무엇이 필요한지 전혀 모르는 사람에게는 그것이 나타날 리가 없습니다. 산삼이 어떻게 생겼는지도 모르고, 산삼이 필요하지도 않은 사람은 산에 가서 산삼을 봐도 그냥 지나칠 것입니다. 하지만 산삼을 원하고, 필요한 정보를 가진 사람은 산삼을 알아보고 캘 것입니다. 중요한 것은 자기가 왜 산에 갔는지를 아는 것입니다. 단순히 산책하러 갔다면 산삼을 봐도 그냥 지나칠 것입니다. 하지만 산삼을 캐러 갔다면 그의 눈에는 산삼이 보이고, 결국 산삼을 캐게 될 것입니다. 마찬가지로 자신에게 참나가 필요하다고 느끼지 않고, 참나를 찾지도 않는 사람에게는 참나가 나타날 리 없습니다.

무조건 사랑하라

나를 사랑하는 데 어떤 이유나 조건은 필요하지 않습니다. 자랑스럽고 멋진 나를 사랑하세요. 조금 부족하고 힘든 나도 사랑하세요. 실패와 두려움에 떨고 있는 나는 더욱 뜨겁게 사랑하세요. 아무 조건 없이, 이유 없이 자신을 사랑하세요. 오늘 하루가 주어진 것에 감사하고, 사랑할 나 자신이 있다는 것에 감사하세요. 지금까지 그 누구에게 주었던 사랑보다 더 크고 뜨겁게 자신을 사랑하세요.

사랑하면 알게 된다

우리의 언어는 완전하지 않습니다. 아무리 훌륭한 언어도 꽃 한 송이, 나뭇잎 하나도 있는 그대로 묘사하지 못합니다. 우리 안에 맴도는 생각과 느낌을 언어로 완전하게 표현하기는 힘듭니다. 그런데 우리는 완전하지 않은 언어를 완전한 진실로 여기며 서로에게 상처를 주고받습니다. 가장 순수하고 완전한 정보는 에너지입니다. 모든 생명은 그 자체가 에너지입니다. 생명은 말과 글로 온전히 담아낼 수 없습니다. 우리의 웃음을, 우리의 기쁨을 어떻게 말로 다 표현할 수 있을까요? 그러나 에너지는 말없이도 주고받을 수 있습니다. 서로 사랑하면 상대방의 기쁨과 슬픔을 느낄 수 있습니다. 사랑하면 알게 됩니다. 사랑하는 사람들 사이에는 많은 말이 필요하지 않습니다. 누군가와 마음을 나누기 위해 굳이 많은 말을 할 필요는 없습니다. 그저 찬찬히 느껴보세요. 말을 넘어 마음으로, 마음을 넘어 영혼으로. 그러면 당신도 상대방도 알게 될 것입니다.

근원적인 존재의 외로움

인간은 원래 외로운 존재입니다. 누구나 이 세상에 홀로 왔다 홀로 갑니다. 우리는 그 외로움을 달래고자 사람이나 물건, 오락거리를 찾아 헤맵니다. 어떤 이들은 술, 게임, 섹스, 마약에 탐닉합니다. 그러나 그런 것들은 목마를 때 설탕물을 마시는 것과 같아서 아무리 마셔도 근원적인 갈증은 해갈되지 않습니다. 감각적인 즐거움 속에 있을 때는 잠시 외로움이 사라지는 듯하지만, 다음날 눈을 뜨면 어김없이 똑같은 현실이 우리를 기다리고 있습니다. 심지어 사랑하는 사람이 옆에 있어도 문득문득 외로움이 찾아옵니다. 외로움을 덮을 방법을 찾기 위해 이곳저곳 기웃거리다 잠시 외로움이 잠잠해지면 자신이 행복하고 평화롭다고 착각합니다. 그러나 그것은 마치 독수리에게 쫓기던 오리가 덤불숲에 머리만 파묻고 안도의 한숨을 쉬는 것과 같습니다. 근원적인 외로움은 여전히 가슴 깊숙이 자리하고 있습니다. 근원적인 존재의 외로움은 외적인 것으로는 해결되지 않습니다. 그 외로움은 내면에서 진정한 자기 자신을 만날 때 해결됩니다.

지금 변화하라

변화하고 싶은데 언제부터 시작할지 고민하고 있다면 가장 좋은 때는 바로 지금입니다. 좀 생각해 보고, 일주일 후나 한 달 후에 바꾸겠다고 미루지 마세요. 제일 순수하고 따끈따끈한 시간, 바로 지금 바꾸세요. 지금은 한 번도 만나지 못한 새로운 시간입니다. 방금 전의 나와 지금 이 순간의 나는 아무 상관이 없습니다. 과거의 어떤 것도 지금 이 순간의 새로움과 신성함을 훼손할 수 없습니다. 우리는 지금 이 순간 새롭게 시작할 수 있습니다. 어떤 선택이든 오직 지금에만 가능합니다. 변화를 원합니까? 기존에 나와는 다르게 살고 싶습니까? 그렇다면 지금 시작하세요. 조금 전까지 어떤 사람이었든, 어떤 상황에 있었든 그것은 중요하지 않습니다. 바로 지금, 당신이 원하는 삶을 시작하세요. 지금 이 순간을 자각하면 매 순간이 새로운 시작이며 새로운 기회입니다.

인생은 수행이다

삶에서 경험하는 모든 것이 수행입니다. 조용히 앉아 명상하는 것은 수행의 극히 일부일 뿐입니다. 사람들과 부딪히며 수많은 사건과 문제를 헤쳐 나가는 우리의 일상이야말로 더 큰 수행입니다. 일이 생겼을 때, 표면적인 현상만 보며 울고 웃을 것인가? 아니면 그 너머에 담긴 의미를 생각하며 영혼의 성장을 위한 계기로 삼을 것인가? 현실이 고통스럽다고 도망친다면 성장은 없습니다. 지금의 현실이 기쁨을 주든 고통을 주든, 두 팔 벌려 당당히 맞이하세요. 쓰든 달든 모든 인생사는 결국 나를 성장시키기 위한 수행입니다. 인생이라는 깨달음의 수련장에서 배우는 인내, 용서, 사랑은 우리의 영혼을 더욱 단단하게 합니다.

빛으로 살 것인가,
그림자로 살 것인가

기억이나 감정은 그림자와 같습니다. 그것은 단지 그림자일 뿐, 우리의 진짜 모습이 아닙니다. 그런데 우리는 그 그림자를 진짜로 알고 살아갑니다. 우리가 가진 정보들은 우리의 그림자일 뿐입니다. 그런데 그 정보가 우리의 의식을 지배하고 있습니다. 그것은 정보일 뿐 언제든지 만들고 지울 수 있는 것입니다. 그렇게 할 수 있는 주체는 바로 나 자신입니다. 그러니 정보가 나를 지배하도록 내버려두지 말고, 내가 정보의 주인이 되어야 합니다. 그동안 내가 알고 있었던 '나'가 사실은 내 안의 정보들이 만들어낸 그림자였음을 깨닫는다면 우리는 진짜 나, 밝은 빛으로 살아갈 수 있습니다. 그렇다고 그림자가 없기를 바라지는 마세요. 그것이 그림자인 것만 알면 됩니다. 빛이 있는 한 그림자도 존재합니다. 우리가 살아서 숨 쉬는 한 생각과 감정은 끊임없이 일어나고 수많은 정보를 접할 수밖에 없습니다. 중요한 것은 '빛을 선택할 것인가, 그림자를 선택할 것인가'입니다.

의식이 녹슬지 않게

아무리 잘 드는 칼이라도 쓰지 않고 칼집에 넣어두기만 하면 녹이 슬 수 있습니다. 아무리 좋은 정보와 깨달음을 얻었다 해도 쓰지 않으면 녹이 슬게 마련입니다. 어제 참나의 목소리를 따라 살았다고 해서 오늘도 그냥 되는 것이 아닙니다. 오늘 또다시 참나로 살기 위해 마음을 내야 합니다. 어제 세수하고 이를 닦았지만 오늘 또 하듯이, 우리의 의식도 때가 끼고 녹슬지 않도록 매일 닦아주어야 합니다. 우리의 의식이 참나와 멀어지지 않도록 매일 살피고 관리해야 합니다.

내 안의 생명력과 연결하라

나는 그 누구와도 비교할 수 없는 소중하고 절대적인 존재입니다. 내가 중요한 프로젝트를 성공시키거나, 많은 돈을 벌거나, 누군가의 사랑을 받는다고 해서 의미 있는 존재가 되는 것은 아닙니다. 나는 있는 그대로 소중하고 가치 있는 존재입니다. 사업에 실패했거나, 중요한 발표를 망쳤거나, 몇 년째 시도하던 금연이나 살 빼기에 아직 성공하지 못했다 해도 나는 여전히 소중하고 가치 있는 존재입니다. 지금 이 순간에도 나를 살아 있게 하는 내 안의 위대한 생명력과 연결될 때, 나 자신이 얼마나 소중하고 아름다운 존재인지를 깨달을 수 있습니다. 그 힘과 연결되면 언제든 힘을 얻고 다시 시작할 수 있습니다.

지금, 이 순간

명상은 하루의 일을 다 마치고 지쳐서 돌아온 몸을 위로하기 위한 보상이나 휴식이 아닙니다. 명상은 바로 지금, 이 순간의 삶을 위해 필요한 것입니다. 현재를 충실히 살지 못할 때 우리는 자신이 통제할 수 없는 것들에 분노와 고뇌를 느끼곤 합니다. 그러나 한 번 지나간 과거는 바꿀 수 없고 다가올 미래도 불확실합니다. 우리가 확실하게 영향을 미칠 수 있는 것은 오직 지금뿐입니다. 창조는 지금, 이 순간의 현실 속에서 이루어집니다. 명상은 과거와 미래로 도망치려 하는 우리의 마음을 지금, 이 순간으로 데려오기 위해 하는 것입니다.

변하지 않는 것과 연결하라

내 이름이 나는 아닙니다. 이름은 육체의 상표일 뿐입니다. 그래서 필요에 따라 바꿀 수 있습니다. 우리가 가진 정보와 소유물도 그 상표에 연결된 것들입니다. 모두 이름을 가지고 있지만 그 이름이 실체는 아닙니다. 이름이 생기기 전부터 존재했던 것, 이름이 바뀌거나 사라져도 여전히 존재하는 것과 연결될 때, 우리는 진정한 마음의 평화를 얻을 수 있습니다. 변화하는 모든 것은 우리에게 고통과 불안의 원인이 되기 때문입니다.

당신은 소가 아니라 농부다

감정은 길들지 않은 소와 같습니다. 길들이지 않은 소는 농부가 잠깐만 한눈을 팔아도 이 밭 저 밭을 뛰어다니며 공들여 가꾼 곡식을 망쳐버립니다. 길이 잘 든 소는 농부를 등에 태우고 여유롭게 논길을 걷습니다. 농부는 소 등에 앉아 피리를 불 수 있을 만큼 편안합니다. 우리는 종종 소만 보고 주인인 농부를 보지 못해 감정에 휘둘립니다. 두려움과 걱정, 불안에 시간을 낭비하지 마세요. 감정의 고삐를 쥐고 있는 사람은 바로 당신입니다. 당신은 소가 아니라 소를 모는 농부입니다.

마음의 문을 열어라

불신은 인간관계를 피곤하게 만듭니다. 믿지 못해 마음을 닫고 의심과 경계의 에너지를 내보냅니다. 그런 관계는 몸과 마음을 물먹은 솜처럼 무겁게 만듭니다. 상대방이 먼저 나를 믿어주기만을 바라면 관계가 어려워집니다. 순서를 바꿔보세요. 내가 먼저 마음의 문을 열고 상대를 믿어주는 것입니다. 내가 믿으면 상대도 나를 믿게 됩니다. 내가 진실한 마음으로 대하면 상대도 진실하게 응답합니다. '네가 하면 나도' 대신 '내가 먼저'로 마음을 바꿔보세요. 마음의 문을 열어, 당신의 인간관계에 빛과 바람이 통하게 하세요.

평화롭고 완전한 생명

기운의 느낌 속에 깊이 몰입하면 마음이 고요하고 평화로
워집니다. 그 속에서는 무언가를 잃어버릴까 봐 두려워하
지 않으며, 다른 사람을 통제하려 하거나 인정받고자 하는
욕구도 사라집니다. 한없이 밝고 평화롭고 무엇이든지 가
능할 것 같은 내가 있을 뿐입니다. 내 안에 더 보탤 것도,
뺄 것도 없는 완전한 평화와 사랑이 있습니다. 그 느낌을
깊이 느껴보세요. 그것이 본래의 내 모습입니다. 당신이 느
끼는 그 사랑과 평화가 가득 차올라 흘러넘치게 하세요. 그
에너지가 당신의 삶을 환하게 밝혀줄 것입니다.

사랑하면 행복해진다

누군가를 사랑하고 있고, 누군가에게 사랑받고 있다는 것은 참으로 큰 축복입니다. 그 대상이 꼭 연인일 필요는 없습니다. 가족, 친한 친구, 동료 혹은 반려동물이나 식물 같은 생명체가 될 수도 있습니다. 누구든 당신이 마음을 활짝 열고 교류하는 대상이 있다면, 당신은 지금 사랑하고 있는 것입니다. 사랑은 우리를 행복하게 하고, 마음을 활짝 열어주어 잠재 가능성을 키워줍니다. 사랑하는 사람이 보내는 믿음과 지지는 더 나은 내가 될 수 있게 하는 원동력이 됩니다. 오늘 하루 당신 안의 사랑을 마음껏 꺼내 쓰세요. 더 많이 사랑하는 날이 되기를 바랍니다.

창조하는 뇌

창조성은 새로운 것을 만드는 능력일 뿐만 아니라, 반복되는 그 일에 새로움을 불어넣는 능력이기도 합니다. 창조력은 호기심에서 나옵니다. 나 자신과 다른 사람들에게 따뜻한 관심을 가질 때, 내 삶을 바꾸고 세상에 도움을 줄 아이디어가 떠오릅니다. 어떤 환경에 있든지 '이 상황에서 내가 무엇을 할 수 있을까?' 질문을 던지다 보면 아이디어가 생깁니다. 비록 작은 것이라도 그 아이디어를 실천해 보세요. 그러한 실천들이 모여 삶을 변화시키고 성장시킵니다.

내 삶의 답은 나에게 있다

삶에서 가장 중요한 질문들은 전문가가 답해줄 수 없습니다. 내가 무엇을 원하는지, 무엇에서 행복을 느끼는지 누가 대신 알려줄 수 있겠습니까? 전문가들은 우리가 답을 찾아가는 여정을 도와줄 수는 있지만 그 답을 찾아내고 받아들이는 것은 언제나 각자의 몫입니다. 나는 내 삶의 유일한 전문가이자 작가이며, 권위자입니다. 내 삶의 방향을 결정하고, 가치와 목표를 찾으며, 그 길을 걸어가는 것은 오로지 나 자신입니다.

참나를 만나면 생기는 일

흔히 성품은 타고나는 것이며 쉽게 바뀌지 않는다고 생각합니다. 하지만 그것은 참나를 만나기 전의 일입니다. 참나를 통해 만나는 우주의 근원적인 에너지는 생명의 입자까지 바꾸어 놓습니다. 우리의 근육, 뼈, 세포, 피부, 얼굴까지 바꾸고, 성격과 운명도 변화시킵니다. 우주의 근원적인 에너지를 만날 때 몸과 마음, 의식이 정화되고, 이것이 변화로 이어집니다. 그 결과 우리의 인생에 무한한 창조가 일어납니다. 이것은 우리의 실체가 바로 우주의 근원적인 에너지, 천지기운이기 때문입니다.

집착하지 말고 집중하라

우리가 집중하고 있다고 생각하는 순간조차 사실은 집착하고 있을 때가 많습니다. 집중과 집착은 무엇인가에 마음을 모은다는 공통점이 있습니다. 다만 집중할 때는 의식이 목표를 향하는 반면, 집착할 때는 욕심을 향한다는 점이 다릅니다. 집중하면 감정이 사라지고, 집착하면 감정이 따라옵니다. 정말로 집중하고 있을 때는 집착이 들어설 여지가 없습니다. 그러나 집착이 있으면 그 집착에 따라오는 감정들때문에 집중하기가 어렵습니다. 집중과 집착을 구별하는 방법은 자신의 마음이 안정되어 있는지 살펴보는 것입니다. 온전하게 집중할 때는 마음이 안정되고 편안하지만, 무엇인가에 집착할 때는 마음이 조급하고 불안해집니다. 불안과 조급함은 우리의 마음을 흔들어 균형과 조화를 깨트립니다. 집중하되 집착하지 않아야 목표를 향해 한 걸음 더나갈 수 있습니다. 또 일이 잘 풀리지 않을 때도 자신의 경험을 집착 없이 되돌아봐야 많은 것을 배울 수 있습니다. 실수와 놓쳐버린 기회에 대해서 두고두고 애통해하는 것은 하루빨리 버려야 할 집착입니다. 그 집착 때문에 지금, 이 순간에 집중할 수 없기 때문입니다.

과거는 과거일 뿐

과거는 이미 지나간 일입니다. 우리는 현재를 생각하고 미래를 계획하기에도 바쁩니다. 자꾸 과거를 들추어보지 마세요. 일 년 전의 실수를 아쉬워하며 계속 들여다보면 뭐 하겠습니까? 우리는 지구별을 타고 총알보다 30배 빠르게 앞으로 나아가고 있습니다. 과거는 머릿속에만 있을 뿐 도저히 닿을 수 없는 거리에 있습니다. 한 시간 전에 일어난 일도 마찬가지입니다. 과거가 당신을 지배하지 못하게 하세요. 과거에 대한 후회를 곱씹고 있다면 얼른 내려놓고 지금으로 돌아오세요.

사랑은 줄 때 커진다

사랑은 받으려고 할 때보다 주려고 할 때 더 커집니다. 이
것이 사랑의 법칙입니다. 사랑을 기다리기만 하면 원하는
사랑이 오지 않을 때 섭섭함과 불안함, 원망하는 마음이 생
깁니다. 그러나 사랑을 주는 사람은 그런 걱정을 할 필요가
없습니다. 자신이 사랑의 주체가 되어 자신감이 있기 때문
입니다. 사랑이 충만한 삶을 살고 싶다면 먼저 사랑을 주세
요. 우리 안에는 사랑이 많지만 사용하지 않으면 경험할 수
없습니다. 경험하지 않으면 믿을 수 없습니다. 사랑은 샘물
과 같아서 쓰면 쓸수록 풍부해집니다. 그러나 오랫동안 샘
을 사용하지 않고 방치하면 결국 말라버리듯 사랑도 마찬
가지입니다. 먼저 주는 것 그리고 아낌없이 주는 것이 내
가슴 속에 사랑의 샘물을 가득 채우는 방법입니다.

학습 중독자가 되지 마라

뇌는 그동안 우리가 축적한 지식이나 경험으로 얻은 정보보다 훨씬 큰 직관과 통찰, 지혜를 가지고 있습니다. 스스로 한계를 설정하지 않고 자기 뇌를 믿고 도전하는 사람들에게 이러한 직관과 통찰이 계발됩니다. 지식이나 경험에만 의존하려 들면 학습 중독자가 됩니다. 배우지 않으면 못한다고 생각하거나, 배운 대로 하지 않으면 불안해지고 심지어 죄의식까지 느끼는 사람들이 있습니다. 물론 전문가에게 특정한 기술이나 방법을 배워야 할 때도 있습니다. 하지만 그보다 더 중요한 것은 배움에 그치지 않고 자기 몸과 마음을 스스로 탐구하며 끊임없이 자신을 발전시키기 위해 노력하는 것입니다.

춤추고 노래하라

인간은 원래 춤추고 노래하도록 만들어져 있습니다. 우리
의 움직임과 말 자체가 춤과 노래의 원조입니다. 신나게 걸
으면 춤이 되고, 말에 리듬과 음정을 더하면 노래가 됩니
다. 이 세상 모든 생명체는 움직입니다. 모두 다 춤을 추고
있습니다. 파동 속에서, 진동 속에서 자신만의 노래를 부르
고 있습니다. 제멋에 취해 춤추고 노래하는 사람을 보면 나
름의 멋이 느껴집니다. 자신의 생명을 마음껏 표현하고 있
기 때문입니다. 분석하는 마음을 내려놓고 리듬에 몸을 맡
기면, 몸은 자연스럽게 움직이며 조화로운 소리를 내기 마
련입니다. 생각이 아닌 감각으로 하는 것입니다. 가장 아름
다운 춤과 노래는 어떤 틀에도 얽매이지 않고, 자기 안에서
자연스럽게 흘러나오는 것입니다. 잘 해야 한다는 생각을
버리고 자신의 느낌을 있는 그대로 표현해 보세요. 그저 자
신과 잘 놀면 됩니다. 자리에서 일어나 춤추듯 걸어보세요.
노래하듯 자신에게 말을 걸어보세요. 당신의 영혼이 기뻐
하는 것이 느껴질 것입니다.

옆에 있는 사람을
소중히 여겨라

우리의 가슴 속에는 누군가를 소중히 여기고 싶은 마음이
있습니다. 그리고 누군가가 우리를 소중히 대해주기를 바
라는 마음도 있습니다. 그 마음을 진심으로, 있는 그대로
표현해 보세요. 당신의 마음을 나눌 특별한 사람을 멀리서
찾지 마세요. 특별한 사람이어야 한다는 마음을 내려놓고
주위를 둘러보세요. 가장 소중히 대해야 할 사람은 늘 당신
가까이에 있는 사람입니다. 가족일 수도, 친구일 수도, 동
료일 수도 있습니다. 우리는 늘 곁에 있는 공기와 물에 관
심을 기울이지 않듯 옆에 있는 사람들을 소홀히 대하기 쉽
습니다. 누군가를 정말로 소중히 여기고 존중하고 싶은 그
마음을, 지금 당신 옆에 있는 사람에게 전해보세요. 진심으
로 그 마음을 표현해 보세요.

창조의 비밀은 의지와 열정

뇌의 창조성을 깨우는 열쇠는 의지와 열정입니다. 사람들은 창조성에 환상을 갖고 있습니다. 어느 날 갑자기 번뜩이는 아이디어가 떠오르는 것을 창조성이라고 생각하지만, 실제로 창조적인 사람의 사전에 '어느 날 갑자기'라는 말은 없습니다. "아!" 하는 영감의 순간은 그동안의 지식과 경험이 뇌의 직관과 통찰로 하나로 연결되는, 뇌가 통합되는 순간이라고 할 수 있습니다. 뇌에 불이 번쩍 들어오는 순간이 있기까지 끊임없는 계획, 도전, 그리고 수많은 시행착오가 필요합니다. 자신이 하는 일에 대한 집중과 몰입, 강력한 의지와 열정 없이는 창조가 일어나지 않습니다. 자신이 선택한 목표를 이루려는 의지와 열정이 뇌의 자원과 힘을 최대로 끌어내는 연료입니다. 방법이 전혀 보이지 않는 상황에서도 끝까지 포기하지 않고 어떻게든 가능성을 찾아내는 도전적인 자세가 창조적인 인생을 가능케 합니다.

삶 자체가 명상이다

명상은 앉아서만 하는 것이 아닙니다. 삶 자체가 명상이 될 수 있습니다. 명상은 호흡으로 시작해 활동으로 이어지고, 생활 전반으로 확장되는 과정입니다. 명상은 지금, 여기에 의식이 집중된 상태를 의미합니다. 이렇게 집중할 수 있다면 우리가 하는 모든 활동이 명상이 될 수 있습니다. 걷고, 머물고, 앉고, 눕고, 말하고, 침묵하고, 움직이고, 가만히 있는 일상의 모든 순간이 명상이 될 수 있습니다. 삶 자체를 명상으로 만들어보세요. 참나의 의식으로 생명에 대한 감사와 창조의 기쁨으로 삶의 모든 순간을 채워보세요.

긍정적이고
감사한 마음을 가져라

뇌의 컨디션을 확인하는 간단한 방법이 있습니다. 긍정적
이고 감사한 마음 상태인지, 아니면 불평불만과 부정적인
생각에 빠져 있는지를 살펴보는 것입니다. 계속 불평불만
을 하거나 변명과 핑계를 늘어놓고 있다면, 스스로 뇌의 불
을 꺼버린 상태입니다. 조금만 기분이 나빠도 그 불쾌함을
크게 부풀리는 사람이 있는가 하면, 아주 작은 일에도 감사
하고 그 감사함을 표현하는 사람이 있습니다. 이것은 성격
의 차이가 아니라 의식의 차이입니다. 무엇을 하든, 어떤
상황에 처해 있든 노력할 수 있음에 감사할 수 있습니다.
노력하다 보면 스스로가 대견해 보이기도 합니다. 아무도
자기를 응원하지 않을 때 스스로를 격려하고 스스로에게
힘을 줄 수 있는 사람은 참나의 의식으로 사는 사람입니다.

양심 이상의 깨달음은 없다

자신의 양심이 두렵지 않다는 것만큼 두려운 일은 없습니다. 양심 이상의 깨달음은 없습니다. 자신의 양심을 두려워하지 않으면서 깨달음을 얻겠다고 하는 것은 소금이 쉬기를 바라는 것과 같습니다. 자신의 양심을 믿지 않는다면 이 세상에 믿을 수 있는 것이 하나도 없습니다. 철저히 양심을 따르는 사람은 종교를 갖지 않아도 영적인 삶을 살고 있는 것입니다. 양심은 나뿐만 아니라 세상의 모든 생명의 근원 자리인 우주의 본성에서 비롯된 것이기 때문입니다. 양심은 배울 필요가 없습니다. 우리 안에 있는 밝은 빛이기 때문에 그 빛을 밝혀 자신의 삶을 비추며 살아가면 됩니다.

체력을 키우는 것부터
시작하라

생활에 변화를 주고 싶은데 어떻게 해야 할지 모르겠다면 체력을 키우는 것부터 시작하면 좋습니다. 몸에 힘이 붙으면 매사에 의욕이 생기고, 새로운 도전도 긍정적으로 받아들이다 보니 창의적인 아이디어도 잘 떠오르기 마련입니다. 몸 단련으로 얻은 활력은 새로운 변화를 위한 열정과 용기, 자신감으로 이어질 것입니다. 몸의 긍정적인 변화에서 오는 보람과 기쁨을 삶의 다른 영역으로도 확산해 보세요.

오늘은
어제의 반복이 아니다

하루는 우리 삶에서 가장 중요한 시간 단위입니다. 우리는 일주일, 한 달, 일 년, 오 년, 십 년 등 여러 단위를 기준으로 목표를 정합니다. 하지만 실질적인 행동에 있어서는 하루만큼 중요한 것이 없습니다. 하루 일을 계획하고 실행하고 성찰하는 습관이 중요합니다. 어느 하루를 소홀하게 보내면 마음 자세나 생활 리듬이 흐트러져 그다음 며칠도 쉽게 휙 지나가 버리곤 합니다. 그럴 때 다시 마음을 다잡고 리듬을 회복하려면 꽤 애를 먹습니다. 오늘 하루는 참으로 소중한 시간입니다. 오늘은 어제의 반복이 아닙니다. 오늘은 어제의 후회나 좌절이 결코 침범할 수 없는 새로운 창조의 시간입니다. 나에게 소중한 하루가 주어졌음에 감사하고, 오늘을 특별한 날로 만드세요. 마치 내 인생에 오늘 하루만 주어진 것처럼 참나의 목소리에 따라 오늘을 살아보세요.

한 걸음 더 내디뎌라

누군가에게 먼저 한 걸음 더 다가서지 못하고 망설이는 바람에 관계가 소원해져 마음 아파하거나, 상대방을 한 번 더 이해하고 배려하지 못해 오랫동안 미안해한 적이 있습니까? 어떤 일에 한 번 더 관심을 두고 확인하지 않아서 나중에 몇 배의 시간과 에너지를 써야 했거나, 한 번 더 시도했더라면 좋았을 텐데 중간에 포기해서 두고두고 후회한 적이 있습니까? 우리는 한 걸음 더 다가서지 못해 영원히 남이 되기도 하고, 한 걸음 더 내딛지 못해 실패하거나 꿈을 포기하기도 합니다. 끝이라 생각될 때 한 걸음 더 내디디세요. 최선이라 생각될 때 한 번 더 시도하세요. 그 한 걸음이 새로운 길을 만들고, 그 한 번의 시도가 일을 성공시킵니다. 한 번 더 관심을 갖고 확인하고, 한 발짝 더 다가서며, 한 번 더 이해하려 노력해 보세요. 한 번 더 시도하려는 의지와 마음이 인생을 전혀 다른 방향으로 바꿀 수 있습니다.

우리는 생명이라는
나무에 핀 꽃

뒤뜰에 갖가지 꽃들이 소담스럽게 피어 있습니다. 꽃송이가 크고 화려한 꽃이 있는가 하면 작고 앙증맞은 꽃도 있습니다. 어떤 꽃은 하루 만에 꽃잎이 시드는가 하면 어떤 꽃은 수십 일 동안 피어 있기도 합니다. 꽃들의 모양과 색깔도 제각각입니다. 꽃송이가 크다고 모두 좋아하는 것은 아닙니다. 작은 꽃은 그 나름대로 아름답습니다. 오래도록 피어 있는 꽃이 일찍 지는 꽃보다 훌륭하다고 생각하지 않습니다. 꽃이 금방 지더라도 그 자태와 향기를 기대하며 몇 달을 설레며 기다리기도 합니다. 큰 꽃은 단지 크고, 작은 꽃은 단지 작을 뿐입니다. 오래 피어 있는 꽃은 오래 피어 있고, 일찍 지는 꽃은 일찍 질 뿐입니다. 그것은 각 꽃의 특성이 만들어낸 차이이고 다양성입니다. 우리는 생명이라는 커다란 나무에 핀 각각의 꽃입니다. 저마다 다른 모양과 색깔과 향기를 지니고 있습니다. 각자의 개성이니 같을 수 없고 같도록 강요해서도 안 됩니다. 우리는 각자 고유한 아름다움과 생명력으로 활짝 피어나야 합니다. 그럴 때 생명의 아름드리나무도 더 큰 생명력을 내뿜을 수 있습니다. 우리는 서로 다르지만 하나의 생명으로 연결되어 있습니다. 우주 안에 홀로 뚝 떨어진 존재는 없습니다.

내면의 눈을 떠라

명상할 때 눈을 감으라는 말은 또 다른 눈을 뜨라는 의미입니다. 외부 세계를 향해 있는 눈을 감고 내면세계를 향해 눈을 뜨라는 뜻입니다. 눈을 감고 자기 내면에 집중하면 생각과 감정에 가려져 있던 영혼이 깨어납니다. 정신이 밝아집니다. 모든 감각이 외부 세계에만 집중되어 정精과 기氣를 경쟁하고 승리하는 데 소진하면 정신을 밝힐 힘이 부족해집니다. 자신을 정말로 사랑한다면 적어도 하루에 한 번은 외부로 향한 눈을 감고 자기 내면을 들여다보아야 합니다. 정신을 밝히는 데 정성과 에너지를 쏟아야 합니다.

행복의 조건

흔히들 행복해지기 위해서는 여러 조건이 필요하다고 생각합니다. 자신이 원하는 행복의 조건들이 다 갖추어지기 전에는 감히 행복할 수 없다고 믿는 이들도 있습니다. 그러나 행복을 위한 조건을 갖추지 못해서 행복하지 않다면, 뭔가 잘못된 것입니다. 많은 사람이 '조건의 감옥' 속에서 살고 있습니다. 행복은 이러해야 한다는 관념 속의 행복, 남들 눈에 그럴싸하게 보이는 행복을 추구하며 살아갑니다. 진정한 행복은 외적인 조건에 있지 않습니다. 물론 원하는 조건이 이루어지면 기쁨과 행복을 느낄 수 있습니다. 하지만 조건에 따른 행복은 완전하지 않습니다. 환경과 상황에 따라 언제든지 바뀔 수 있기 때문입니다. 참된 행복은 내 안에 있는 무조건적인 기쁨에서 나옵니다. 무엇이 있어서, 누가 옆에 있어서가 아니라 그저 있는 그대로 행복하다는 것을 아는 것입니다.

지금 행복의 불을 켜라

불은 어두우니까 켜는 것입니다. 밝으면 불을 켤 필요가 없습니다. 불이 저절로 환하게 켜질 때까지 기다리지 마세요. 어둡다면 지금 불을 켜면 됩니다. 행복도 마찬가지입니다. 행복한 일이 생길 때까지 기다리지 마세요. 지금 행복해지세요. 전등 스위치를 바로 옆에 두고도 지금은 밤이니까 날이 밝을 때까지 기다리겠다고 하지 마세요. 지금 행복하지 않다고 느낀다면 당신이 행복하다고 느끼는 일을 지금 하세요. 지금 행복의 불을 켜세요.

생각이나 감정이 아닌
마음으로

생각이나 감정만으로 살지 말고, 마음으로 살기 바랍니다. 생각이나 감정은 마음이라는 바다에 이는 파도와 같고, 마음이라는 스크린에 비치는 드라마와 같습니다. 생각이나 감정은 나타났다 사라지지만 마음은 영원합니다. 흔히 생각이나 감정이 뭔가를 창조한다고 착각하지만, 창조의 주체는 생각이나 감정이 아니라 마음입니다. 생각과 감정 너머에 있는 마음을 만나세요. 생각과 감정에 휘둘리지 말고 마음으로 살아가세요.

장애는 넘으라고 있는 것

똑같은 높이의 장애물인데 누구는 포기하고 누구는 뛰어넘습니다. 중요한 것은 장애 자체가 아니라 장애를 대하는 마음가짐입니다. 장애를 과감히 넘겠다는 의지와 자기 확신이 있어야 합니다. 누구에게나 넘기 힘든 벽이 있습니다. 그것을 넘을 것인가, 거기서 멈출 것인가는 그 사람의 선택에 달려 있습니다. 두려움으로 피하면 그 벽은 절대 넘을 수 없습니다. 요행히 피해 가더라도 인생은 보란 듯이 우리 앞에 비슷한 장애물을 가져다 놓고 시험합니다. 장애는 피하라고 있는 것이 아니라 넘으라고 있는 것입니다. 장애를 만나면 피하지 말고 재미있는 게임이라 여기고 이왕이면 온몸과 마음을 활짝 열고 도전하세요. 그 한계 너머에는 우리의 의식을 성장시킬 새로운 배움과 자각이 기다리고 있습니다.

자기 생각을
위대하게 여겨라

누구에게나 아이디어가 있지만 대부분은 자신의 아이디어를 무시합니다. 자기 생각을 대단하게 여기지 않습니다. 위대하다고 알려진 사람의 책이나 말은 대단하다고 생각하면서 자기 생각은 작고 하찮다고 여깁니다. 사람의 뇌는 다 위대합니다. 그 뇌에서 많은 위대한 생각이 나옵니다. 누구나 한 번쯤은 지구에 전쟁과 굶주림이 사라졌으면 좋겠다는 생각, 모두가 행복하기를 바라는 생각, 우리 아이들에게 더 나은 세상을 남겨주고 싶다는 생각을 품습니다. 이것은 정말 위대한 생각입니다. 이러한 자기 생각을 위대하게 여기고, 그 생각을 소중하게 가꾸고 키워나가세요.

누군가가 미울 때

살다 보면 이상하게 나와 잘 안 맞는 사람을 만날 때가 있습니다. 성격이 전혀 안 맞는 친구, 나만 보면 스트레스를 주는 직장 상사, 말이나 행동이 왠지 밉상인 동료도 있을 것입니다. 이런 불편한 관계는 우리를 무척 힘들게 합니다. 저 사람이 밉다고 생각하면 할수록 미움이 더 깊이 뿌리내려 내 마음이 황폐해집니다. 나중에는 미워하는 내 마음 때문에 더 힘들어지기도 합니다. 그러니 밉더라도 상대방을 좋게 보고자 노력하며 마음을 다독여야 합니다. 삐걱거리는 관계를 부드럽게 만들고자 노력하는 과정에서 인내와 용서와 사랑의 씨앗이 자랍니다. 불편한 인간관계를 나의 인내심과 포용력을 키우기 위한 공부로 받아들이면 많은 것이 달라집니다. 누군가와 갈등 관계에 있다면 그를 떠올려 보세요. '밉다, 밉다' 하는 생각을 바꿔, '마음공부를 위해 하늘이 준 숙제'라고 받아들이세요. 우리는 눈에 보이지 않는 에너지와 의식의 세계에서 모두 하나로 연결되어 있습니다. 당신이 마음을 바꾸면 그 사람과의 관계에서 분명 긍정적인 변화가 일어날 것입니다.

나를 사랑하는 것

어떤 물건이나 서비스를 팔든 홍보는 자신에게 먼저 하는 것입니다. 자기 자신에게 홍보해서 자기가 파는 상품에 스스로 확신이 생겨야 홍보에도 힘이 실리기 때문입니다. 자신을 설득하지 못하면 다른 사람도 설득할 수 없습니다. 자기가 사랑하지 않는 것을 남에게 홍보하는 것은 지치고 힘 빠지는 일입니다. 나를 사랑하는 것 또한 마찬가지입니다. 내가 나를 사랑하지 않으면 아무리 다른 사람의 인정과 칭찬을 받아도 만족을 느낄 수 없습니다. 자신을 충분히 사랑한다면 우울함이나 불안 같은 정신적인 고통도 훨씬 덜할 것입니다. 우리 안에 무한한 사랑과 힘이 있습니다. 우리의 내면 깊은 곳에 언제나 변함없이 존재하고 있습니다. 자신을 사랑할 때 우리는 깊은 안정과 평화를 느낍니다. 있는 그대로의 자신에게 어떤 조건도 달지 말고 최고의 사랑을 퍼부어 주세요.

행복을 당겨써라

우리는 지금 행복하면 안 된다는 최면에 걸린 듯합니다. 지금 행복하면 나중에 올 행복이 줄어들 것처럼 행복을 유예합니다. 마치 행복이 은행 잔고라도 되는 것처럼 안 쓰고 꼭꼭 아껴둡니다. '지금은 행복하지 않지만, 이 일이 이루어지면 내년에는 행복할 거야.' 만약 이런 생각을 하고 있다면 일 년 후의 그 행복을 미리 당겨써 보세요. 내면에서 솟아나는 행복과 기쁨은 마르지 않는 샘물과 같습니다. 외적인 상황이 어떠하든지 우리 안에는 절대적인 평화와 기쁨의 샘물이 있다는 것을 믿고 그냥 쓰면 됩니다. 먼 훗날에 올 행복을 기다리지 말고, 지금 그 행복을 당겨쓰세요.

마음이 뇌의 주인

내가 완전히 바뀌겠다고 마음을 먹는 순간, 우리 뇌는 빛의 속도로 바뀝니다. 뇌를 움직이는 것은 마음이고, 마음이 뇌의 주인이기 때문입니다.

진리는 현상이 아니다

진리는 손으로 가리킬 수 있는 것이 아닙니다. 언어로 전할 수 있는 것도 아닙니다. 진리는 현상도, 느낌도 아닙니다. 진리는 모든 것에 존재합니다. 이 사실을 알면 '진리는 이것이다, 저것이다' 단정할 수 없게 됩니다. 모든 생명현상 속에 진리가 있으며, 진리가 없다면 생명 자체가 존재할 수 없습니다. 진리는 우리가 생각하는 선善 속에도, 악惡 속에도 있습니다. 선과 악은 사람이 만들어낸 인위적인 것입니다. 어떻게 뜨거운 것은 좋은 것이고, 찬 것은 나쁜 것이라 할 수 있겠습니까. 어떻게 해가 나는 것은 좋은 것이고, 비가 오는 것은 나쁜 것이라 할 수 있겠습니까. 계속 뜨겁기만 하고 계속 해만 비춘다면 생명이 살 수 없습니다. 어떤 하나를 진리로 정해놓고 이것만 옳다고 하는 순간, 진리는 멈추고 맙니다. 사람들이 그 하나만 진리라고 생각하기 때문입니다. 진리는 눈에 보이는 현상 속에 있지 않습니다. 현상 너머의 생명을 느끼고, 그 생명에 집중하세요.

1분의 힘

1분은 무심코 흘려보내기 쉬운 짧은 시간입니다. 그런데 막상 1분간 팔굽혀펴기를 해보면 그렇게 길게 느껴질 수가 없습니다. 몸과 마음이 지쳐 생각이 흐려지거나 집중이 안될 때, 기분이 가라앉을 때, 1분만 자신에게 집중해 보세요. 팔굽혀펴기, 스쾃, 윗몸일으키기 같은 간단한 운동을 딱 1분만 실시해도 몸과 마음에 활력이 차오르는 것을 느낄 수 있습니다. 짧은 시간 안에 몸을 통해 자신과 교감하고 내면의 에너지를 깨울 수 있습니다. 짧은 틈새 시간을 활용해 몸을 움직이는 습관을 기르면 건강은 물론이고 시간, 감정, 에너지를 더 잘 관리할 수 있습니다.

인생의 특별 수업

지금 나를 힘들게 하는 문제가 있다면, 그것을 내 영혼의 성장을 위한 특별 수업이라고 생각해 보세요. 부딪힘이 없으면 성장도 없습니다. 고통이든 기쁨이든 모두 환영하고, 끌어안을 수 있는 넉넉한 품을 가지려고 노력해 보세요. 나에게 풀어야 할 숙제가 주어졌다는 것에 감사하며 내 영혼이 지금 이 순간, 가슴 뛰며 내 삶을 살아내고 있음을 느껴 보세요. 삶에서 만나는 모든 문제는 성장을 위한 소중하고 특별한 기회이자 축복입니다. 인생의 특별 수업에서 배우는 인내와 용서, 사랑 속에서 우리의 영혼은 더욱 단단해집니다.

담담하게

주어진 현실이 자신에게 우호적이든 그렇지 않든 모든 것은 미래를 창조하기 위한 과정입니다. 그러니 자신이 처한 상황을 담담하게 바라보세요. 담담하다는 것은 어떤 상황에서도 쉽게 흥분하거나 놀라지 않고, 차분하게 바라보는 태도입니다. 담담함은 마음의 여유에서 비롯합니다. 담담한 마음을 가질 때, 어떤 환경에서도 자신에게 필요한 가치들을 발견하고 주어진 환경을 기회로 활용할 수 있습니다. 삶이 모든 순간에 의미가 있음을 알게 됩니다.

당신 안의 생명을 느껴라

꽃씨는 어떤 환경에 떨어지든 그 자리에서 있는 힘을 다해 꽃을 피워냅니다. 우리는 잘 가꾼 화단의 꽃보다 절벽의 바위 틈새에서 힘겹게 피어난 꽃에서 더 깊은 감동과 아름다움을 느낍니다. 우리에게도 저마다의 환경 속에서 자신의 존재 가치를 꽃피우고자 하는 강한 의지가 있습니다. 이 의지를 끌어올리는 힘은 생명에 대한 깊은 자각에서 나옵니다. 나에게 주어진 생명을 정말로 의미 있고 가치 있게 실현하고 싶은 소망에서 나옵니다. 그 소망은 내 안에도 있고, 당신 안에도 있습니다. 내면 깊은 곳에서 꿈틀거리는 생명의 간절한 소망을 느껴보세요. 자신의 가치를 실현하고자 하는 생명의 강렬한 열망을 느껴보세요. 그 소망을 찾는 순간, 우리는 어떤 환경에서도 뿌리를 내리고 꽃을 피울 힘을 갖게 됩니다.

호랑이 눈으로 장애를 보라

장애를 만났을 때는 호랑이 눈으로 마주해야 합니다. 순한 양의 눈으로는 장애를 넘어갈 수 없습니다. 호랑이의 용맹한 기운으로 달려들어서 장애를 극복하겠다는 의지와 에너지를 내는 것이 중요합니다. 누구에게나 호랑이 같은 기운도 있고, 양 같은 기운도 있습니다. 장애 앞에서는 과감히 호랑이의 용맹한 기운을 꺼내 쓰십시오.

살아 있다는 기적

우리는 누구도 예외 없이 언젠가는 죽음을 맞이합니다. 그럼에도 불구하고 꿈을 꾸고 희망을 품으며 살아갑니다. 새로운 내일을 위해 오늘 최선을 다해 노력합니다. 이것이 얼마나 아름답습니까? 지금 당신이 절망 속에 있다면 우리는 태어나는 순간부터 줄곧 죽음이라는 엄청난 절망 위에서 매일 희망을 품으며 살아왔다는 사실을 잊지 마세요. 지금 살아 있는 것이 기적이고, 희망 그 자체임을 기억하세요.

그저 존재할 뿐

참다운 진리는 오로지 느낄 수 있는 것입니다. "이것이 꽃이다." 하고 보여줄 수 있을 뿐입니다. 그저 존재할 뿐입니다. 그 이상은 배울 수도, 가르칠 수도 없습니다.

의식과 성격을 바꾸려면

우리가 어떤 의식 상태에 있느냐에 따라 말과 행동이 달라
집니다. 그것이 그 사람의 성격이자 스타일이 됩니다. 그리
고 성격은 우리의 인간관계, 소통 능력, 창조 능력에 지대
한 영향을 미칩니다. 성격을 바꾸고 싶다면 그 밑바탕에 있
는 의식 상태를 바꿔야 합니다. 용기를 내는 순간, 의식의
변화가 시작됩니다. 내 삶을 변화시키고 성격을 바꾸겠다
는 용기, 누군가를 용서하겠다는 용기, 무슨 일이든 포기하
지 않고 끝까지 도전하겠다는 용기, 그 용기가 우리 뇌 속
정보를 바꾸고 의식을 정화합니다.

목표가 먼저

능력을 갖추고 나서 목표가 생기는 것이 아니라고, 목표를 먼저 정해야 능력이 나오는 것입니다. 목표를 명확히 정하고 진실하게 집중하면, 우리 뇌는 목표를 이룰 수 있는 모든 방법을 찾아냅니다. 뇌는 그렇게 쓰는 것입니다. 그런데 많은 사람이 뇌를 반대로 씁니다. 능력을 더 갖추어야 어떤 목표를 세울 수 있다고 믿습니다. 이제 반대로 생각해 보세요. 일단 목표를 세우면 그 목표를 달성하기 위한 뇌가 작동합니다. 그래서 스스로 능력을 키우게 됩니다.

완벽하게 당신만의
노래를 하라

노래를 아주 잘하지 않아도, 노래를 부르는 자기 목소리에 스스로 감동하는 때가 있습니다. 리듬이 살아 있고 자기 호흡에 맞으며 감정이 풍부하게 실리면 노랫소리가 아름답게 들립니다. 우리 몸은 자신을 표현하는 악기입니다. 노래는 그 악기가 목소리를 통해 리듬을 표현하는 것입니다. 자신에게 가장 자연스러운 리듬을 표현한 노래에는 오묘한 감동과 아름다움이 있습니다. 자기 리듬을 찾는 데 집중해서 노래하면 가수처럼 음정과 박자를 완벽하게 부르지 못하더라도 자신만의 완벽한 노래를 부를 수 있습니다. 완벽하게 자신의 생명과 하나 된 기쁨을 노래로 표현할 수 있습니다.

삶이 휘청거릴 때

인생에서 길을 잃고 휘청거리는 느낌이 들 때는 더 많은 것을 찾고 배우려 하기보다는 마음을 비우고 기본으로 돌아가야 합니다. '나는 어떤 사람으로 살고 싶은가? 내가 인생에서 가장 중요하게 여기는 가치와 원칙은 무엇인가?' 이런 질문으로 돌아가 답을 찾을 때, 다음 발걸음을 어디로 디딜지 방향을 정할 수 있습니다. 그래야 남의 장단에 맞추지 않고 자신만의 리듬과 속도로 자신의 길을 갈 수 있습니다.

한계 너머의 나를 만나라

성장이란 새로운 차원으로 넘어가는 것입니다. 차원을 이
동하기 위해서는 한계를 극복하는 것이 필요합니다. 흔
히 한계는 어렵고 힘들고 두려운 것으로 생각하지만 한 번
만 극복해 보면 알게 됩니다. 꿈쩍하지 않을 것 같은 바위
산 같은 한계가 실은 작은 돌멩이에 불과할 수도 있습니
다. 그 첫 도전이 어려울 뿐입니다. 성장하고 싶다면 두 눈
딱 감고 한계를 정면으로 돌파해 보세요. 불가능하다고 스
스로 포기하지만 않는다면 풀 수 없는 문제는 없습니다. 내
면에 집중하며 긍정적인 마음을 선택할 때, 도저히 더 이상
나아갈 수 없다고 느끼는 상황에서도 한 걸음 더 내디딜 힘
이 나옵니다. 당신 뇌는 당신이 할 수 있다는 것을 알고 있
습니다. 뇌를 믿고 한계를 정면으로 돌파해 보세요. 한계를
넘어설 때의 벅찬 감동과 성장의 기쁨을 경험해 보세요.

우리 영혼은 진실을 안다

자신에게 진실해진다는 것은 스스로에게 고백하는 것입니다. 설명하거나 설득하는 것이 아닙니다. 참나는 진실의 목소리를 알아듣습니다. 진실이 아닌 것도 금방 알아챕니다. 자신에게조차 착하고 잘나고 멋지게 보이려 애쓰고 포장하면 너무 힘이 듭니다. 고백은 쉽습니다. 있는 그대로 숨김없이 드러내는 것이기 때문입니다. 포장하려니 힘이 드는 것입니다. 세상 사람들은 속일 수 있을지 몰라도 자신은 속일 수 없습니다. 우리 안에는 태양처럼 밝은 마음이 있기 때문입니다.

새로운 그림을 그려라

백지 자체는 좋고 나쁨이 없습니다. 그저 백지일 뿐입니다. 그 위에 좋은 그림을 그리면 좋게 보이고, 나쁜 그림을 그리면 나쁘게 보일 뿐입니다. 그런데 우리는 고통스러운 어느 한순간의 그림을 '나'라고 착각하며 그 상처를 안고 살아갑니다. 하지만 우리는 언제든 새로운 그림을 그릴 수 있습니다. 우리에게 허락된 백지가 단 한 장만 있는 것이 아닙니다. 우리에게는 무한한 백지가 있습니다. 언제든 마음만 먹으면 본래의 모습인 백지로 돌아가 내가 원하는 그림을 다시 그릴 수 있습니다. 아무리 써도 다시 새로워지는 백지처럼 우리 안에는 무한한 내가 있습니다. 그림을 그렸다 지웠다, 수백수천 번도 더 할 수 있습니다. 중요한 것은 그 백지의 주인이 나라는 진실을 깨닫는 것입니다. 어떤 그림을 그릴지 내가 선택할 수 있습니다.

창조의 기쁨

인간은 스스로 자신의 존재 이유를 선택하고, 그 선택대로 삶을 창조할 수 있습니다. 창조의 기쁨은 오직 꿈을 가진 사람들만이 누릴 수 있습니다. 꿈이 있는 사람은 자신이 살고 싶은 인생을 선택할 수 있고, 그 선택에 책임지는 법을 배우며, 진정한 창조의 기쁨을 누리며 살아갑니다.

생명 에너지에 집중하라

우리가 감정이나 생각 속에 빠져 있으면 새로운 무언가를 창조할 수 없습니다. 생각이나 감정은 살아오면서 만들어진 것이지 우리의 실체가 아닙니다. 새로운 창조는 우리 안의 생명 에너지에 집중할 때 일어납니다.

영혼이 원하는 것을
선택하라

사람은 누구나 자유를 원합니다. 마음이 원하는 대로 살고 싶지만 그러자니 다른 사람들에게 피해를 주어 원망을 듣지는 않을까, 눈치가 보입니다. 자신에게도 남한테도 해를 끼치지 않으면서 마음이 원하는 대로 살고 싶다면, 참나의 목소리에 귀를 기울이고 당신의 영혼이 원하는 것을 따르세요.

주저하지 말고 나아가라

시간이 오래 걸리고 복잡할 것 같아 망설이던 일을 막상 해보니 어처구니없을 정도로 간단해서 놀란 경험이 있습니까? 세상에는 태산같이 높고 어려워 보이지만 막상 해보면 쉬운 일이 정말 많습니다. 지금 당신이 망설이고 있는 일도 그런 일일지 모릅니다. 그러니 주저하지 말고 용기 내어 그냥 도전하세요. 엉켜 있었던 삶의 실타래나 인간관계가 생각보다 훨씬 쉽게 풀릴지도 모릅니다. 꿈꾸던 미래가 생각보다 훨씬 빨리 당신 앞에 펼쳐질지도 모릅니다. 마주한 현실을 바꾸고 싶다면, 마음을 짓누르는 어떤 문제를 풀고 싶다면, 지금 바로 도전해 보세요.

생명은 태우는 것

우리는 내일 어떤 일이 벌어질지 알 수 없습니다. 갑자기 지진이 일어날지, 태풍이 불어닥칠지, 내 삶에 어떤 변수가 생길지 한 치 앞도 알 수 없습니다. 단 한 가지, 우리가 언젠가는 죽음을 맞이한다는 사실만 확실하게 예정된 일입니다. 그래서 우리는 생명을 지키려고 하지 말고 생명을 불태워야 합니다. 어차피 생명은 매일 타고 있습니다. 우리에게 온 생명을 이왕이면 좋은 일에 불태우고 갈 수 있다면 자신에게도 세상에도 축복일 것입니다. 크고 넓은 마음으로 자신과 세상을 보고 자신에게 온 생명을 마음껏 불태우다 갈 수 있으면 좋겠습니다.

내면의 힘을 써라

참나는 더 배워야 할 것도, 더 필요한 것도 없습니다. 다른 누군가가 아닌 자신에게 온전히 집중하는 시간을 가져보세요. 편안하게 숨을 고르며 내면에 온전히 집중하면 내면에서 울려 퍼지는 어떤 목소리를 들을 수 있습니다. 내가 나에게 해주고 싶었던 말, 내가 정말로 듣고 싶었던 말이 있습니다. 위대한 힘은 내면에서 나옵니다. 내면의 힘을 쓰지 못한 채 억누르거나 틀에 박힌 대로 산다면 우리 영혼은 갈증을 느낄 수밖에 없습니다. 자신의 존재 깊은 곳에서 울리는 영혼의 소리를 듣고 그것을 실천할 때 어떤 즐거움과도 비교할 수 없는 충만함을 느낄 수 있습니다.

한 번 더

두려움과 절망은 사람을 무력하게 만듭니다. 그러니 내가 처한 상황이 아무리 어렵더라도 두려움이나 절망에 자신을 내던지지 마세요. 힘들수록 필요한 것은 용기와 의지입니다. 보디빌딩을 하는 사람들은 근육이 찢어질 듯한 고통을 느낄 때까지 운동한다고 합니다. 그렇게 손상된 근육이 회복하는 과정을 반복해야 근육이 커지기 때문입니다. 힘들다는 생각이 들 때 거기서 멈춰버리면 아무런 변화도 일어나지 않습니다. '도저히 못 참겠다' 하는 순간을 한 번, 두 번, 세 번 넘어갔을 때 한계를 넘어설 수 있습니다. 힘들다고 느껴질 때 '나에게 지금 새로운 변화가 일어나고 있구나. 이 순간을 극복하면 어떤 일이 일어날까' 하는 기대감과 호기심으로 부딪혀 보세요. 힘들다고 느껴지는 바로 그 순간, 기적이 일어나고 있습니다.

Day 95

시간과 공간 늘려 쓰기

물리적인 시간과 공간은 정해져 있습니다. 한 시간은 한 시간이고, 한 평^坪은 한 평입니다. 하지만 뇌를 잘 쓰면 우리는 한 시간을 두 시간처럼, 한 평을 세 평처럼 쓸 수도 있습니다. 뇌를 어떻게 쓰느냐에 따라 시간과 공간을 늘릴 수도, 줄일 수도 있습니다.

피해의식을 멀리하라

나로 살고자 한다면 피해의식을 경계해야 합니다. 피해의식은 관점이 바깥을 향하고 있습니다. 그래서 피해의식에 빠지면 자신에게 문제가 생겼을 때 다른 사람이나 환경을 탓합니다. 피해의식은 기분 좋고 긍정적으로 보이는 상황 뒤에도 숨어 있을 수 있습니다. 행복이 어떤 사람이나 특정한 환경에 달려 있다고 믿는다면, 그 또한 피해의식입니다. 내 밖에서 일어나는 일이 내 인생을 좌우한다는 의식은 필연적으로 걱정과 근심, 분노, 우울과 무기력으로 이어집니다. 원인 자체를 외부에 두기 때문에 원인이 된 상황이 바뀌지 않는 한 자기 삶이 절대 달라지지 않는다고 믿기 때문입니다.

주인의식을 가져라

주인의식이 있는 사람은 자신의 내면에 집중할 줄 압니다. 그래서 인생에서 마주하는 모든 상황을 통제할 수는 없지만, 내 인생을 어떻게 경험할지는 스스로 결정할 수 있다고 생각합니다. "나는 나다. 내 운명은 내가 선택하고 창조한다."라는 굳건한 믿음과 의지를 갖습니다. 자신에게 안 좋은 일이나 힘든 일이 생겼을 때 주인의식은 더 큰 힘을 발휘합니다. 어두운 밤바다를 항해할 때 우리를 비추어주는 북극성처럼 스스로 길을 찾을 수 있는 영감과 힘의 원천이 되어줍니다.

불평불만 하지 마라

장애에 맞닥뜨렸을 때 불평불만을 하는 것은 가속페달을 밟아야 할 때 브레이크를 밟는 것과 같습니다. 몸이 아프면 열이 나듯이 어려운 상황에 처하면 마음은 압력을 받습니다. 장애를 극복하고자 노력하면 할수록 압력은 점점 쌓이고 응축됩니다. 그러다 어느 순간 압력이 폭발하면서 장애를 극복하는 순간, 한 단계 성장합니다. 마치 압력솥이 점점 달구어져 압축되었을 때 음식이 더 빨리 잘 익는 것과 같습니다. 어려운 상황에서 불평불만을 늘어놓는 것은 음식이 익지도 않았는데 압력솥의 김을 빼버리는 것과 같습니다. 압력이 새나가면 폭발할 수 없고, 폭발하지 않으면 장애를 극복하기 힘듭니다. 장애에 부딪혔을 때 '내가 성장할 기회가 드디어 왔구나.'라고 받아들여 보세요. 불평불만 대신 감사한 마음으로 집중하며 에너지를 모아보세요. 응축된 에너지가 폭발하면서 한 단계 더 성장해 있는 자신을 발견하게 될 것입니다.

시간을 잘 관리하려면

시간을 생산적으로 사용할 수 있는 밑바탕은 몸과 마음의 컨디션을 잘 관리하는 것입니다. 에너지는 고갈되고 번잡한 생각과 감정이 가득 찬 상태에서 무조건 앞만 보고 달리는 것은 시간 투자 대비 효율성이 너무 떨어집니다. 효율성을 높이려면 몸에 충분한 에너지와 활력이 있어야 하고, 번잡한 생각과 감정을 비우고 일에 최대한 집중할 수 있어야 합니다. 그것을 위해서 컨디션을 관리하는 것입니다. 컨디션이 좋을 때는 명쾌한 판단력과 샘솟는 아이디어로 몇 시간 걸릴 일을 몇십 분 만에 뚝딱 해낼 만큼 효율성을 높일 수 있습니다. 그럴 때 성취감과 일에 대한 만족도도 한껏 높아집니다. 시간의 주인으로 사는 사람은 바쁜 와중에도 자기를 관리하는 데 소홀하지 않습니다. 그런 사람들은 일에 쫓겨 허둥대는 대신 중심이 잡힌 평정 상태에서 명확하고 능률적으로 일을 처리합니다.

마음이 장애다

어떤 일을 해야 하는데 두려워서 망설이거나 하기 싫어서 미룰 때가 있습니다. 시간은 자꾸 가는데 집중은 안 되고 마음은 자꾸 다른 곳으로 갑니다. 왜 그럴까요? 마음속에서 그 일에 저항하고 있기 때문입니다. 우리가 겪는 장애의 대부분은 사실 마음이 만든 것입니다. 장애는 바깥에 있는 것이 아니라 바로 우리 안에 있습니다. 어떤 이유로든 저항하는 마음이 우리가 제일 먼저 해결해야 할 가장 큰 장애입니다. 그것을 무너뜨릴 방법은 아주 간단합니다. 일단 시작하고 보는 것입니다. 일을 시작하고 움직이다 보면 점점 그 일에 기운이 모이고 집중력과 가속도가 붙으면서 고민하고 걱정했던 마음속의 저항이 점점 줄어듭니다. 그러다 보면 성취감도 느끼고 자신감도 커지고 자신을 도와주는 사람이 나타나기도 합니다. 그때 처음에 느꼈던 태산 같은 장애는 다름 아닌 마음이 쌓은 허상이었음을 깨닫게 됩니다.

자연의 위대한 사랑

우리의 심장은 지금 이 순간에도 쉴 새 없이 뛰고 있습니다. 심장은 왜 그렇게 쉬지 않고 뛸까요? 아무런 대가 없이 왜 계속해서 우리의 생명을 유지해 줄까요? 그것을 사랑 외에 무엇으로 설명할 수 있을까요? 사랑입니다! 이 사랑은 자연이 우리에게 베푸는 위대한 사랑입니다. 그 사랑이 너무 커서 우리는 느끼지 못합니다. 우리는 자연의 사랑과 축복 없이는 단 한 순간도 살아갈 수 없습니다.

사랑과 기쁨의
에너지를 써라

참나를 찾으면 누구 때문에 행복한 것이 아니라 스스로 기뻐하고 사랑할 힘이 자신에게 있음을 알게 됩니다. 이것이 우리의 진짜 모습입니다. 과거에 어떤 삶을 살았든, 지금 어떤 환경에 있든, 지금 이 순간 나의 행복과는 아무런 관계가 없습니다. 참나의 힘을 믿고, 사랑하고 기뻐하는 에너지를 쓰세요. 그러면 당신의 삶에 사랑과 기쁨이 차오를 것입니다. 이것은 위로나 과장이 아닌 너무나 당연하고 보편적인 에너지의 법칙입니다.

진리에는 방법이 없다

기술에는 정해진 방법이 있지만 진리에 이르는 길에는 정해진 방법이 없습니다. 그래서 대도무문大道無門이라고 합니다. 모든 것이 문이 될 수 있습니다. 진실하고 간절하게 깨달음을 찾는 사람에게는 모든 것이 문이 될 수 있습니다. 하지만 기술을 쫓는 사람에게는 모든 것이 그저 방법일 뿐 참나에 이르는 문이 되어주지 못합니다. 기술을 얻으려는 사람과 진리를 구하는 사람의 차이는 마음가짐에 있습니다. 진리를 추구하는 사람의 마음에는 진실과 만나고자 하는 간절함과 정성이 있습니다. 반면 기술을 찾는 사람의 마음에는 오직 기술밖에 없기 때문에 기술을 넘어선 더 큰 진리를 놓치게 됩니다. 당신이 진실로 참나의 본질에 다가서고자 한다면, 기술이나 방법은 자연스럽게 따라올 것입니다. 그 과정에서 모든 것이 배움과 성장의 문이 됩니다.

생기 있는 뇌를
만들고 싶다면

뇌를 가장 강력하게 활성화하는 방법은 뇌가 몰두할 수 있는 꿈과 희망을 품는 것입니다. 희망을 선택하는 순간, 뇌는 긍정적인 호르몬을 분비해 새로운 기대감으로 가슴 설레게 하고, 기쁨과 열정으로 가득 채웁니다. 뇌는 자극을 받을 때 변화를 일으키고, 자극이 없으면 쇠퇴합니다. 꿈과 희망은 우리가 뇌에 줄 수 있는 가장 큰 자극입니다. 삶에 목적과 방향이 있고 목표와 계획이 있을 때, 우리의 뇌는 그것을 이루기 위해 활발하게 움직입니다. 그러나 열정을 쏟을 꿈과 희망이 없으면 뇌는 거기에 맞춰서 에너지를 낮은 상태로 전환합니다. 몸이 축 처지고, 누구를 만나고 싶다거나 뭔가를 해보고 싶다는 의욕도 생기지 않습니다. 뇌를 생기 있고 활발하게 만들고 싶다면, 뇌에 꿈과 희망을 선물하세요.

텅 빈 충만

우리는 대개 아무것도 없는 상태를 두려워하고, 무언가를 채운 것을 자랑합니다. 그러나 참나를 만나고자 한다면 아무것도 없는 상태를 느껴 보아야 합니다. 머리와 가슴을 텅 비우고 아무것도 없는 우주의 생명 에너지에 완전히 의지한 상태 말입니다. 그때는 감정도, 욕심도, 집착도 없습니다. 그저 무無이고 허공일 뿐입니다. 하지만 그 텅 빈 상태는 단순히 비어 있는 것이 아니라, 충만함으로 가득 차 있습니다. 아무것도 없는 그곳에 충만함과 우리의 본래 모습이 있습니다. 우리는 늘 무언가를 채우려 애쓰지만 아무리 노력해도 채워지지 않는 허전함이 있습니다. 참나와의 만남을 갈구하는 영혼의 외로움입니다. 그 외로움을 채워줄 텅 빈 충만함을 만나 보세요. 아무것도 없는 곳에서, 집착이 없는 곳에서 무한한 가능성과 창조성이 새롭게 솟아납니다.

그냥 해라

인생에서 정말 중요한 것들은 대부분 그냥 하는 것입니다. 우리가 이 세상에 태어날 때 어머니의 자궁에서 계산하고 나오지 않았습니다. 생명의 신비로 가득한 복잡한 과정을 그냥 통과해 나왔습니다. 우리는 배우지 않고도 숨 쉬고, 먹고, 사랑합니다. 그냥 합니다. 어떤 틀을 갖추어야 행동할 수 있고, 배워야만 잘할 수 있다는 생각은 하나의 관념에 불과합니다. 때로는 각자의 틀 때문에 싸움이 일어나고, 배우지 않아서 잘 모른다는 생각에 중요한 선택을 미룰 때가 많습니다. 그러니 우리 안에 있는 참나와 생명의 힘을 믿고 그냥 해보세요.

자연에서 기운을 받아라

인공적으로 만든 것에는 완전함이 없습니다. 인공적인 것이 완벽할 수는 있어도 완전하지는 않습니다. 완전함은 오직 자연 속에, 생명 속에 존재합니다. 우리는 자연에서 완전한 에너지를 얻을 수 있습니다. 모든 것을 잠시 내려놓고 자연의 품에서 쉬어보세요. 푸른 하늘, 따스한 햇살, 시원한 바람, 청량한 물소리, 싱그러운 풀 냄새, 이 모든 것이 자연이 주는 완전한 에너지입니다. 자연이 주는 완전한 사랑과 생명 에너지로 당신의 몸과 영혼을 가득 채워보세요. 자연은 우리 영혼에 큰 위안을 주고 사랑과 평화의 에너지를 불어넣습니다. 자연과 하나 될 때 우리 안의 완전성이 되살아납니다.

뇌에 묻고
가슴으로 확인하라

뇌는 우리가 생각하는 것보다 훨씬 더 깊은 지혜와 연결되어 있습니다. 정직하고 진지하게 질문하면, 뇌는 분명 답을 줄 것입니다. 그 답이 얼마나 진실한지는 가슴의 느낌으로 확인할 수 있습니다. 진실한 답이라면 가슴이 확신에 찬 두근거림으로 가득할 것입니다. 만약 가슴이 "예!"라고 말한다면 주저하지 말고 그 답을 받아들이세요. 그 느낌은 어떤 설명도, 누구의 허락이나 확인도 필요 없습니다. 삶의 방향을 찾고 싶다면, 다른 사람에게 묻기보다 당신의 뇌에 물어보고 당신의 가슴으로 확인하세요.

누구 때문에, 누구 덕분에

'누구 때문에'라는 원망을 자주 품는 것은 불행으로 가는 지름길입니다. 반대로 '누구 덕분에' 감사한 마음을 자주 품는 것은 행복과 평화를 불러오는 주문과도 같습니다. 누군가를 원망하는 마음이 자꾸 생긴다면 그때는 우리의 내면을 들여다볼 필요가 있습니다. 자신의 가치를 믿는 사람은 남을 쉽게 원망하지 않습니다. 자신의 가치를 확신하기 때문에 마음이 감사함으로 가득합니다. 남을 원망하는 마음이 자꾸 생긴다면, 자신의 가치를 의심하고 있지는 않은지 스스로를 돌아보세요.

몸의 중심을 잡아라

두 무릎과 엉덩이가 삼각형을 이루도록 바닥에 앉아 다리를 접습니다. 허리를 바르게 펴고, 척추 기둥을 세운 후 그 위에 머리가 가볍게 올라가 있다고 상상합니다. 바람이 불면 살랑살랑 흔들릴 정도로 머리가 가볍습니다. 머리와 척추가 어느 쪽으로도 기울지 않는 중심점을 찾아봅니다. 몸의 중심이 잘 잡혀야 몸의 불편함이 줄어듭니다. 마음이 흐트러지지 않고 잡념이 생기지 않습니다. 몸의 중심만 잘 잡고 앉아도 명상의 절반은 된 것입니다.

힘들 때는 걸어라

만사가 귀찮고 손가락 하나 까딱하기 싫을 때일수록 몸을 움직여야 합니다. 화가 나거나 일이 풀리지 않아 답답할 때는 일단 밖으로 나가 걸어보세요. 감정은 생각만으로 다스려지지 않습니다. 오히려 생각하면 할수록 감정의 늪으로 더 깊이 빠져듭니다. 자리에 앉아 걱정만 계속하면 에너지가 소진되고 무기력해져서 그 걱정에서 벗어나기가 더 힘들어집니다. 그럴 때는 몸을 움직이는 게 최고입니다. 걸으면서 가슴 속의 걱정과 스트레스를 날숨과 함께 내보내세요. 그렇게 걷다 보면 어느덧 걱정이 잦아들고 그 자리에 마음의 여유가 생깁니다. 다리에 힘이 붙고, 호흡이 아랫배까지 깊숙이 내려오면서 마음이 저절로 안정됩니다. 머리가 맑아져 좋은 해결책이 떠오르기도 합니다. 한 발 한 발 내디딜 때마다 걱정거리에서 멀어지고 내면의 힘과 용기에 한층 더 가까워집니다.

하나의 밥그릇

우리는 물과 음식을 돈 주고 사 먹습니다. 그래서 물을 마시는 각자의 컵이 있고, 밥을 담아 먹는 각자의 밥그릇이 있습니다. 그런데 공기를 담는 각자의 그릇은 없습니다. 우리는 어디에 있든 어디를 가든, 인류가 공유하는 허공이라는 아주 큰 그릇에 담긴 공기를 함께 들이마십니다. 자연은 공기를 통해 우리에게 생명의 뿌리가 하나임을 알려줍니다. 만약 공기마저 각자 그릇에 담아야 하는 날이 온다면 얼마나 끔찍할까요? 그렇게 되기 전에 우리가 모두 하나의 생명임을 깨닫고 지구 어머니를 아끼고 사랑해야 합니다.

꿈의 힘

꿈은 방황을 모험으로, 무기력을 열정으로 바꾸고, 흩어진 마음을 하나로 모아줍니다. 꿈은 모든 것이 순조로울 때가 아니라 가장 힘들 때 꾸는 것입니다. 그때가 우리에게 꿈이 가장 필요한 순간입니다.

생명의 주인은 자연

우리 몸은 아무리 아름답고 건강해도 시간이 지나면 늙고 병들고 약해집니다. 결국은 자연으로 돌아가야 합니다. 우리는 몸을 잠시 빌려 쓰고 있습니다. 셋방을 살고 있는 것처럼 주인이 요구하면 내놓을 수밖에 없습니다. 갑자기 내놓으라고 하면 급하게 내놓아야 합니다. 하루만 기다려 달라고 애원해도 통하지 않습니다. 인간 세상의 집주인들은 집을 비우라고 할 때 적어도 한두 달 여유를 줍니다. 하지만 우리 몸과 생명의 주인인 자연은 그런 여유를 주지 않습니다. 언제 우리를 데려갈지 모릅니다. 그래서 하루하루가 정말 중요합니다. '내일부터 해야지' 다짐하지만, 내일이 오지 않을 수도 있습니다. 당신의 인생이 소중하다면 미루지 말고 오늘, 당신이 정말 원하는 일을 하세요. 미루지 말고 오늘, 사랑하세요.

노동과 운동의 차이

우리는 일을 하기 위해 어딘가로 걸어가는 행위를 노동이라 여깁니다. 그런데 똑같이 걷더라도 '걸으면서 몸이 더 건강해지고, 열 받은 뇌에 휴식을 준다'라고 생각하면 뇌의 반응이 달라집니다. 걷는 행위는 같지만, 뇌는 노동이 아닌 운동으로 받아들입니다. 같은 열량을 소모하더라도 뇌가 노동으로 받아들이면 재미를 못 느끼고 동기부여도 되지 않습니다. 하지만 뇌가 운동으로 받아들이면 재미를 느끼고 운동의 긍정적인 효과를 보입니다. 같은 일이라도 뇌가 노동으로 받아들일지 운동으로 받아들일지는 당신의 의식과 선택에 달려 있습니다.

영혼이 기뻐하는 일을 하라

오늘 당신의 영혼이 기뻐할 선한 일을 해보세요. 어떤 일이든 좋지만, 이왕이면 나에게도 좋고 다른 사람에게도 좋은 일을 해보세요. 그때 영혼이 가장 크게 기뻐합니다. 아무런 대가 없이 누군가를 도와주었을 때, 아무도 알아주지 않아도 내 안에서 배어 나오는 뿌듯함을 느껴본 적이 있을 것입니다. 그것이 영혼의 기쁨입니다. 그 기쁨의 대상을 멀리서 찾을 필요는 없습니다. 가까이에 있는 가족, 친구, 이웃이 모두 영혼의 기쁨을 나눌 수 있는 대상입니다. 당신 안에 있는 사랑과 평화의 에너지를 나누고 표현하세요. 영혼이 기뻐하면 그 기쁨이 우리 가슴안에만 머물지 않고 얼굴과 눈빛으로 흘러나와 주위를 밝힙니다. 우리 영혼은 우주의 완전한 생명에서 왔기 때문에, 생명의 본질인 사랑을 실천할 때 가장 기쁘고 행복합니다.

온화한 기운을 써라

봄이 되면 온화한 봄기운이 대지를 가득 채웁니다. 그 기운을 받아 만물이 피어납니다. 한민족의 경전인 〈참전계경參佺戒經〉에는 다음과 같은 구절이 있습니다. "온溫은 온화함이며 지至는 다다름이니, 온지溫至는 온화한 기운이 사람들에게 다다르는 것을 말한다. 밝은이는 사람을 대할 때 말을 온화하게 하며, 일을 할 때는 기운을 온화하게 하며, 재물을 대할 때는 의리를 온화하게 하니, 마치 사람들이 봄날의 따뜻함을 떠나지 않는 것처럼 온화한 사람을 떠나지 않는다." 평화로움과 온화함은 지식이 아닌 영혼에서 나옵니다. 영혼의 목소리에 따라 사는 사람은 불안하거나 초조하지 않습니다. 그런 사람에게서는 안정적이고 편안한 에너지가 뿜어져 나옵니다. 그 에너지에 이끌려 주위에 사람들이 모여듭니다.

힘들수록 목표에 집중하라

상황이 아닌 목표에 집중해야 합니다. 한번 목표를 세우면
어떠한 일이 있더라도 그 목표에 시선을 고정해야 합니다.
누구나 목표를 세우지만 어려운 일이 생기면 대부분이 목
표를 잃어버리고 상황에 빠져서 안 좋은 생각만 계속합니
다. 어려울 때일수록 목표에 집중해야 그 상황을 극복할 힘
과 용기, 지혜를 얻을 수 있습니다.

Day 119

진짜 먹이를 찾아라

어부는 물고기를 낚기 위해 낚싯밥을 뿌립니다. 물고기들은 그것이 진짜 먹이인 줄 알고 서로 차지하기 위해 달려듭니다. 우리는 지금 물고기와 같은 삶을 살고 있는지도 모릅니다. 우리가 추구하는 많은 정보와 가치는 물고기들이 쫓아다니는 낚싯밥과 같습니다. 형형색색의 낚싯밥이 우리를 유혹하고, 우리를 더 바쁘고 정신없게 만듭니다. 우리는 낚싯밥을 쫓아다니느라 정작 자신을 돌볼 시간이 없습니다. 자신에게 참된 기쁨과 행복을 주는 진짜 가치, 낚싯밥이 아닌 진짜 먹이를 놓치며 살아갑니다. 진정으로 충만한 삶을 원한다면 낚싯밥을 쫓지 말고 진짜 먹이를 찾으세요.

있는 그대로의
자연을 느껴라

자연은 말이 없습니다. 그냥 있는 그대로를 우리에게 보여줄 뿐입니다. 자연에서 삶의 지혜와 이치를 깨닫는 가장 좋은 방법은 자연을 있는 그대로 느끼는 것입니다. 자연 속에는 말과 글로 표현할 수 없는 진실이 들어 있습니다. 그리고 우리에게는 말과 글을 넘어 진실을 감지할 수 있는 감각이 있습니다. 그것은 우리 안의 자연성이고, 우리의 본성인 참나에서 나옵니다. 자연을 가까이할 때 인위적인 지식과 정보에 덮여 있던 자연의 감각이 되살아납니다.

새로움을 일깨워라

늘 같은 일을 반복하고, 같은 사람을 만나는 이들은 자기 삶에 더 이상 새로울 게 없다고 생각합니다. 그러나 같다는 생각은 착각입니다. 우리는 무엇이 되었든 두 번 이상 완전히 똑같이 반복할 수 없습니다. 어제와 같은 날은 단 하루도 없습니다. 지금과 똑같은 순간도 없습니다. 하늘, 나무, 가족, 직장 동료, 친구, 내가 하는 일 – 이 모든 것이 어제도 만났고, 오늘도 만나고, 내일도 만날 테지만 한순간도 같은 만남은 없습니다. 많은 사람이 영적인 성장이란 뭔가 신비한 체험을 통해서 이루어진다고 생각하지만, 그것은 밥 먹고 잠자고 일하고 대화하고 노는 일상의 삶 속에 존재합니다. 매 순간 우리는 새로운 미래, 새로운 시간을 맞이합니다. 지금 이 순간에도 밀려오고 있습니다. 그 새로움을 의식적으로 잡지 않으면 그냥 지나쳐 버립니다. 의식이 깨어 있어야 새로움을 붙잡을 수 있습니다. 의식을 깨우는 방법은 오직 하나, 선택하는 것입니다. 과거의 관념이나 습관에서 깨어나 새로움을 선택하세요. 어제의 나는 죽고, 오늘의 내가 새롭게 태어납니다.

순수한 물로
갈증을 해소하라

목이 마를 때는 순수한 물을 마셔야 합니다. 꿀물은 아무리 들이켜도 갈증이 가시지 않습니다. 오히려 마실수록 갈증이 더 커집니다. 순수한 물만이 근원적인 목마름을 해소하고, 우리 몸을 정화할 수 있습니다. 물에 소금을 넣으면 소금물, 꿀을 넣으면 꿀물이 되지만 무엇을 넣더라도 물의 성질이 변하지 않습니다. 우리의 본성도 순수한 물과 같습니다. 옳고 그름, 행복과 불행 등 온갖 분별과 감정이 섞여도 우리의 본성은 언제나 밝게 빛나고 있습니다. 이 본성과 연결되려면 '지금 이 순간'을 살아야 합니다. 오직 지금 이 순간에 몰두하고 집중할 때, 우리는 순수한 물이 될 수 있습니다.

뇌 안에
신성의 씨앗이 있다

우리는 뇌를 통해 우주의 신성과 연결되어 있습니다. 그래서 뇌에 신이 내려와 있다는 표현을 씁니다. 이때의 신은 신앙의 대상이 아니라 우주의 법칙과 무한한 사랑, 무한한 대생명력을 뜻합니다. 우리의 뇌 안에 신성의 씨앗, 하늘이 내려와 있기 때문에 우리는 매일 더 나은 존재가 되고자 하고 하늘을 닮기 위해 노력합니다.

꿈을 향한 액션에는
성공도 실패도 없다

꿈을 현실로 만드는 힘은 오로지 실행에 있습니다. 즉 행동과 훈련입니다. 자신이 원하는 것을 분명히 정해서 구체적으로 상상하고, 그 상상을 현실로 이루기 위해 과감하게 행동해 보세요. 꿈을 향한 행동에는 성공도 실패도 없습니다. 그저 내가 이루고자 하는 꿈을 향한 도전과 훈련일 뿐입니다. 설사 도전이 실패로 끝나더라도 최선을 다한 사람에게는 아쉬움은 있을지언정 후회는 없습니다. 그런 경험은 우리를 성장으로 이끌고, 우리 삶을 더욱 풍부하고 아름답게 합니다. 당신이 정한 목표가 아무리 힘들지라도 포기하지 말고 행동하세요. 담대하게 꿈을 향해 나아가세요.

뇌에게 만만하게
보이지 마라

말만 하고 실천하지 않으면 당신의 뇌가 당신을 만만하게
봅니다. 그런 경험이 여러 번 쌓이면 뇌의 협조를 받기가
어렵습니다. 당신 뇌가 당신을 언행이 불일치한 사람이라
고 믿어버리기 때문입니다. 당신이 무언가를 시도해도 뇌
는 뒷짐을 진 채 '어떻게 하나 보자' 하면서 방관합니다. 뇌
에게 당신이 믿을 만한 사람이라는 것을 보여주세요. 당신
의 말과 행동이 일치하는 사람임을 꾸준히 증명하면 뇌는
당신이 뭔가를 하겠다고 선택하는 순간, 그 선택을 이룰 만
반의 준비를 시작합니다.

감정은 에너지 현상

우리 안에서 일어나는 모든 감정은 에너지 현상입니다. 에너지가 없으면 감정은 일어나지 않습니다. 에너지가 없으면 사랑도, 미움도, 분노도 생기지 않습니다. 죽은 사람은 화를 내지 않듯 살아 있는 사람은 에너지가 있기 때문에 미워하기도 하고, 사랑하기도 하고, 싸우기도 합니다. 인간관계에서 행복과 불행, 기쁨과 슬픔을 만드는 것은 에너지입니다. 내 안에 일어나는 모든 감정을 에너지 현상이라고 이해하면 감정을 다루기가 훨씬 수월해집니다.

산에 대한 예의

산에 갈 때는 초입에 잠시 멈춰 서서 산에 예禮를 갖추어 보
세요. 마음속으로 정중하게 산과 인사를 나눠봅니다. 그 산
에 깃든 모든 생명에게 그들의 집에 들어가도 되는지 허락
을 구하는 것입니다. 남의 집을 방문할 때는 문밖에서 초인
종을 누르거나 노크하는 것이 예의입니다. 산이 주인이고
우리는 방문객이기 때문에 '오늘 당신에게 신세를 좀 지려
합니다. 나를 잘 받아주십시오.' 이렇게 부탁하고 허락을
구하는 것이 당연합니다. 산도 살아 있는 소중한 생명입니
다. 우리가 산을 느끼듯 산도 우리를 느낍니다. 모든 생명
과 생명의 만남에는 예의가 필요합니다.

Day 128

인연을 소중하게

러시아의 대문호 톨스토이는 "세상에서 가장 중요한 시간은 지금 이 순간이고, 가장 중요한 사람은 지금 나와 함께 있는 사람이며, 가장 중요한 일은 그 사람을 위해 좋은 일을 하는 것"이라고 했습니다. 이 넓은 지구에서 인간으로 태어나 같은 공간과 시간에서 만난다는 것은 참으로 귀하고 소중한 인연입니다. 지금 당신과 함께 있는 사람을 소중히 여기고, 그들에게 자주 사랑과 감사를 표현하세요.

감정을 넘어선 절대 의식

참나를 만났다고 두려움이 사라지는 것은 아닙니다. 두려움도, 외로움도, 분노도 느끼고 때로는 절망하고 좌절합니다. 하지만 이러한 감정이 전부는 아닙니다. 우리가 감정에 갇혀 있는 순간에도 그 감정을 지켜보고 있는 절대 의식이 있습니다. 그 의식을 자각하는 시간이 늘어날수록 우리는 감정에 끌려다니지 않고, 감정을 활용하며 살아갈 수 있습니다.

자신과 최고의 사랑을 하라

자기를 제일 잘 아는 사람도, 자기를 진정으로 사랑하는 사람도 다른 누군가가 아닌 자기 자신입니다. 생의 마지막 순간까지 함께할 인생의 영원한 동반자 또한 자기 자신입니다. 그러니 자기 자신과 깊은 사랑을 하세요. 최고의 사랑을 하세요. 자기를 사랑하지 못하면서 세상을 사랑한다는 것은 모순입니다. 참나를 만나고, 그 나를 진심으로 사랑한다면 어떠한 환경에서도 원하는 것을 창조할 수 있습니다.

마음이 힘들수록
몸을 움직여라

우리는 보통 마음이 힘들면 잘 움직이려 하지 않습니다. 자리에 드러눕거나 멍하니 앉아서 걱정으로 시간을 보내기 십상입니다. 걱정이 깊어지면 우울증이나 무기력증에 빠지기도 합니다. 걱정은 걱정으로 끝날 뿐 걱정이 해결해 주는 것은 없습니다. 마음만 더 힘들어집니다. 마음이 힘들 때는 마음을 붙들지 말고, 몸을 움직이세요. 몸을 움직이고 단련하면 몸에 에너지가 차오르면서 힘이 생기고, 마음에도 힘이 붙어 상황을 긍정적으로 바라볼 수 있습니다. 마음을 잘 다스리고 싶다면 평소에 몸을 단련하는 데 정성을 쏟아보세요. 훈련은 절대 우리를 배신하지 않습니다. 에너지를 쏟고 정성을 들인 만큼 몸이 바뀌고 마음이 바뀝니다.

당신의 뇌를 믿어라

우리는 살아가기 위해서 많은 것을 배워야 한다고 생각합니다. 배운 것에 의존해서 행동하고, 배우지 않은 것은 시도하지 않습니다. 배운 대로 하지 않으면 불안하고, 실수나 실패를 할까 두려워합니다. 배워야 한다는 이러한 강박이 우리 삶을 더 인위적이고 복잡하고 의존적으로 만드는지도 모릅니다. 숨 쉬고, 먹고, 자는 것처럼 생명을 유지하는 데 꼭 필요한 것들은 배울 필요가 없듯이, 인생에서 중요한 결정들도 대개는 전문 지식과 관계가 없는 경우가 많습니다. 원래 뇌의 창조성이 발휘되면 자연스럽게 행동하게 되어 있습니다. 그 과정에서 실수와 실패를 경험하지만, 그 경험들이 쌓여서 좋은 결과로 이어집니다. 그러니 자신을 한 번 믿어보세요. 놀라운 창조성과 가능성이 잠재된 당신의 뇌를 믿어보세요. 당신의 뇌를 믿고 그냥 한 번 부딪혀 보세요.

자연이 주는 위로를 받아라

누구에게도 털어놓기 힘든 고민으로 가슴이 답답할 때, 혼자 산에 오르거나 바다를 찾습니다. 새소리 물소리를 들으며 숲길을 걸어갈 때, 시원한 바닷바람을 깊이 들이마실 때 나도 모르게 "와, 좋다!"라는 말이 흘러나옵니다. 마치 자연이 위로를 건네는 것처럼 느껴집니다. "힘내!" "괜찮아!" "넌 할 수 있어!" 자연이 주는 이런 메시지는 사실 내 안에서 울려 퍼지는 내면의 소리입니다. 내 안에 있는 자연과 외부의 자연, 이 두 개의 자연이 하나로 연결될 때 우리는 자연의 메시지를 선명하게 들을 수 있습니다. 그때가 내 안의 자연이 살아나 내 밖의 자연과 교감하는 순간입니다. 힘들 때는 자연을 만나고 자연에서 위로받으세요. 자연이 늘 우리 곁에 있다는 것이 얼마나 큰 축복인지 모릅니다.

누군가에게 힘이 되어 주라

인생이 좋은 순간만 있지는 않습니다. 살다 보면 힘든 순간도 많고, 다 포기하고 싶은 절망의 순간도 찾아옵니다. 그때 나를 일으켜 주는 단 한 사람만 있어도 그 생명은 다시 살아날 수 있습니다. 절망을 뚫고 다시 날아오를 수 있습니다. 사람이든, 동물이든, 식물이든 누군가의 사랑과 정성을 받은 생명은 자신의 가치를 온전히 발현할 수 있습니다. 우리는 모두 자기 자신에게, 주위 사람들에게 그 한 사람이 되어줄 수 있습니다. 내가 누군가에게 그 한 사람이 될 수 있다는 것은 매우 경이롭고 아름다운 일입니다.

존재의 기쁨을 느껴라

정교하게 가지치기한 정원수도 예쁘지만, 들판에 아무렇게나 자란 나무는 정원수와 다른 아름다움이 느껴집니다. 그런 나무들은 인위적이지 않기 때문에 편안함을 줍니다. 들판의 나무 한 그루 한 그루가 각자의 고유한 아름다움으로 빛나듯이, 우리 안의 자연이 살아나면 이 세상 어떤 생명체와도 다른, 고유하고 유일한 존재로 살아 있는 '나'를 느낄 수 있습니다. 생명의 기쁨, 존재 그 자체의 기쁨이 가슴을 가득 채웁니다. 또한 어떤 조건도 없이 내게 주어진 생명에 진심으로 감사하는 마음이 듭니다. 나는 독립된 존재로 살아가지만, 생명을 통해 모든 것과 연결되어 있음을 온몸으로 느낍니다. 그 깊고 생생한 생명의 느낌에서 만물과 만인의 안녕과 평화를 기원하는 마음이 우러나옵니다.

말버릇

평상시에 어떤 말을 쓰느냐는 매우 중요합니다. 자신이 어떤 사람인지를 알고 싶다면, 자신이 매일 습관적으로 어떤 말을 쓰고 있는지를 종이에 적어보세요. 모든 정보에는 에너지가 담겨 있으며, 그 정보에는 암시성이 있어서 같은 정보를 계속 듣다 보면 그 정보대로 변해갑니다. 우리는 말을 통해 많은 정보를 주고받습니다. 말버릇은 단지 습관이 아니라 의식 수준을 보여줍니다. 당신이 참나에 중심을 두고 말한다면 자기 자신과 다른 사람들에게 희망과 힘을 주는 말을 하게 될 것입니다. 자신이나 다른 사람들을 깎아내리는 말은 하지 않을 것입니다. 당신의 말이 자신과 주위 사람들의 삶에 활력을 불어넣을 수 있도록 하세요.

환경을 디자인하라

우리는 여러 환경에 둘러싸여 살고 있습니다. 집이나 일터 같은 생활공간들을 비롯해 가족, 친구, 직장 동료, 일, 취미, 심지어 내 몸과 마음까지도 내 인생을 이루고 있는 환경입니다. 누구나 좋은 환경에서 살기를 원하지만, 그것은 보장되어 있지 않습니다. 그래서 우리는 환경의 변화에 따라 희로애락을 경험합니다. 알고 보면 이러한 감정들도 일종의 환경인 셈입니다. 이 모든 환경의 궁극적인 주인은 참나, 영혼입니다. 일생일대의 가장 큰 환경의 변화라 할 수 있는 죽음 앞에서도 우리의 영혼은 밝게 빛날 수 있습니다. 영혼이 깨어나면 우리는 환경에 지배받지 않고 자신의 환경을 새롭게 디자인할 수 있습니다. 어려운 환경에 처해 있다면 그것을 비관하거나 한탄하는 대신 '성장의 기회'로 받아들이세요. 저항하는 마음을 수용하는 마음으로 바꿀 때, 영혼의 힘이 발휘됩니다. 어떠한 환경에 있든 내 삶을 사랑하겠다고 마음먹는 순간, 부정적인 의식이 긍정적으로 바뀌는 놀라운 경험을 하게 될 것입니다. 당신 안에 잠재된 영혼의 힘을 깨워, 당신을 둘러싼 환경을 적극적으로 디자인해 보세요.

천지부모

우리의 생명은 하늘에서 왔고, 땅에서 왔습니다. 하늘과 땅은 지구상의 모든 생명체를 키워내는 천지부모입니다. 우리는 하늘과 땅의 에너지 없이 단 몇 분도 생존할 수 없습니다. 마치 음극과 양극이 만나 밝은 빛을 만들어내듯이 우리의 생명도 천지의 합작으로 활짝 피어나고 있습니다. 우리를 통해 천지가 창조한 생명이 스스로를 표현하고 있습니다. 철들면 부모의 사랑을 깨닫듯이 내 생명의 근원과 만나면 천지부모의 큰 사랑을 깨우치게 됩니다.

가장 큰 도^道

세상에서 가장 큰 도가 무엇이냐고 묻는다면, 나는 두 가지를 꼽겠습니다. 하나는 자신의 가치를 발견하고, 스스로 행복을 창조하며 살아가는 것입니다. 또 하나는 다른 사람도 그렇게 살도록 돕는 것입니다.

찰나 속의 영원을 만나라

'지금'은 영원으로 들어가는 문입니다. 과거나 미래에 얽매여서는 영원한 세계와 만날 수 없습니다. 영원은 지금 이 순간, 시간의 개념으로도 잴 수 없는 찰나 속에서 만날 수 있습니다. 어떤 자각이든 찰나에 일어납니다. 한참을 골똘하게 생각해서 얻은 결론이라도 그 결론을 자각하는 것은 언제나 순간입니다. 깨달음은 찰나에서 생겨났다 사라지지만, 그 찰나는 영원합니다. 어쩌면 영원은 찰나 속에서만 존재하는지도 모릅니다. 행복이나 평화도 찰나와 찰나 사이에서 감지되는지 모르겠습니다. 우리 영혼이 안정을 되찾기 위해서는 찰나 속의 영원을 만나야 합니다. 우리가 추구하는 영원은 죽은 후가 아니라 지금 이 순간을 잘 살아가기 위해 필요합니다. 찰나 같은 지금 이 순간에 나의 존재를 자각하고 그 가치를 실현하는 것, 그것이 바로 순간 속에서 영원을 사는 길입니다.

꾸준함의 힘

평범한 것을 위대한 것으로 만드는 비결은 꾸준함에 있습니다. 평범하게 시작한 일을 일 년, 십 년, 평생토록 지속한다면 어느 순간 자신도 모르는 사이에 평범함을 넘어설 것입니다. 중요한 것은 멈추지 않고 꾸준히 하는 것입니다. 마음먹은 일을 포기하지 않고 꾸준히 해나간다면, 누구나 평범한 일상에서도 위대함을 실현할 수 있습니다.

밝은 의식이 정상이다

무엇에도 구애받지 않고 어떠한 감정에도 흔들리지 않는 밝은 의식의 상태가 있습니다. 그것이 정상적인 의식입니다. 정상적인 의식은 정상적인 에너지에서 나옵니다. 우리 몸의 에너지 상태가 정상으로 돌아오면 의식은 당연히 밝아집니다. 태양이 떠오르면 어둠이 사라지듯이. 의식이 어두울 때는 의식과 씨름할 것이 아니라 균형을 잃은 몸의 에너지를 정상으로 회복하는 것이 더 효과적입니다. 걷거나 뛰거나 스트레칭하거나, 어떤 방식으로든 몸을 움직이세요. 노래하거나 춤추는 것도 아주 좋은 방법입니다. 그런 후 잠시 편안하게 앉아서 숨을 고르며 내면에 집중해 보세요. 의식에 끼어 있던 먹구름이 서서히 걷히면서 다시 밝아지는 것이 느껴질 것입니다.

자연과 벗하라

자연과 좋은 벗이 되려면 자연의 아름다움을 구경만 해서
는 안 됩니다. 좋은 벗이 서로에게 그러하듯이 자연을 향해
마음을 활짝 열어야 합니다. 마음을 열면 자연이 우리 마음
속으로 들어옵니다. 자연의 순수한 에너지와 교감할 때, 우
리 안에 있는 자연도 살아납니다. 자연은 감정이나 분별없
이 우리를 있는 그대로 받아주고 포용합니다. 힘들 때면 언
제든지 기대어 쉴 수 있는 편안한 휴식처가 되어줍니다. 괜
찮다고, 힘내라고, 다시 시작할 수 있다고 무언의 따뜻한
격려를 건넵니다. 언제 찾아가도 반겨주고, 무엇이든 허물
없이 털어놓을 수 있는 절친한 친구가 당신 가까이에 있다
는 사실을 잊지 마세요. 위로와 충전이 필요할 때, 자연과
벗하세요.

언어 습관 점검하기

말은 마음을 쓰는 것입니다. 고운 말 속에는 고운 마음이, 거친 말 속에는 거친 마음이 들어 있습니다. 말에는 그 사람의 인격이 배어 나옵니다. 평소 자신의 언어 습관이 어떤지 살펴보세요. 말투가 상냥한지, 거칠고 퉁명스러운지. '힘들다, 못 살겠다, 죽겠다, 싫다, 괴롭다, 못한다' 같은 부정적인 말을 자주 쓰지는 않는지. 행복을 창조하는 말들이 있습니다. '좋다, 기쁘다, 신난다, 행복하다, 고맙다, 사랑한다, 이해한다, 할 수 있다, 힘이 난다, 믿는다' 같은 말들은 듣기만 해도 기분이 좋아집니다. 참나가 사랑하는 이런 말들은 우리 삶에 기쁨과 활력을 불어넣습니다. 긍정적인 말은 긍정적인 기운을 부르고, 부정적인 말은 부정적인 기운을 부릅니다. 좋은 언어 습관을 기르는 것은 모두가 배우고 익혀야 할 중요한 삶의 기술입니다.

뇌 속의 하느님을
감동시켜라

우리 뇌에는 하느님이 계십니다. 그래서 뇌의 스크린에 원하는 것을 지속적으로 비추면 하느님이 귀찮아서라도 우리를 위해 일하십니다. 그러나 한두 번 비추다가 멈추면 하느님도 우리가 그것을 별로 중요하게 여기지 않는다고 생각하고 관심을 덜 기울입니다. 간절함과 꾸준함으로 뇌 속의 하느님을 감동시키세요. 단순히 몇 번의 시도로는 충분하지 않습니다. 진심으로 원하는 것을 이루고 싶다면 뇌 속의 하느님에게 끊임없이 묻고 요청하고 대화하세요. 당신의 열망으로 뇌 속의 하느님을 감동시키세요.

창조의 기쁨

꼭 훌륭한 무엇인가를 만들어내는 것만이 창조는 아닙니다. 생활에서 필요하다고 느끼는 일을 실행하고, 불편한 부분을 개선하고, 해보지 않았던 것을 시도하고, 늘 하던 일을 새로운 방식으로 해보는 것, 이 모두가 창조입니다. 주위를 둘러보면 창조할 거리가 넘쳐납니다. 매일 마주하는 가족이나 동료에게 활짝 미소를 지어준다거나 이웃들에게 따뜻한 인사를 건넨다거나 친구들과 의미 있는 시간을 만들며 삶에 활력을 불어넣는 것도 멋진 창조입니다. 자기 몸과 마음을 친절하게 보살피고, 자신과 더 가까워지기 위해 명상의 시간을 갖는 것도 아름다운 창조입니다. 아무리 사소한 것이라도 스스로 창조했을 때 기쁨과 행복이 더욱 커집니다.

완전한 생명의 감각

조용히 앉아 호흡을 고르며 당신의 몸을 느껴보세요. 들고 나는 숨, 숨을 쉴 때마다 오르락내리락하는 가슴, 규칙적으로 뛰는 심장 … 당신이 관여하지 않아도 저절로 이루어지는 생명의 리듬을 느껴보세요. 가만히 그 리듬에 집중하면 호흡도, 가슴도, 심장박동도 더 편안해집니다. 우리 몸의 생명의 리듬을 느끼고 균형을 회복하는 감각은 애써 배울 필요가 없습니다. 이것은 원래부터 우리 안에 내재한 완전한 감각이기 때문입니다. 그런데 안타깝게도 그동안의 학교 교육이나 사회 시스템은 이러한 생명의 감각을 키우도록 돕지 못했습니다. 오히려 생명의 감각에서 멀어지게 했습니다. 건강이나 행복 같은 가장 본질적인 삶의 문제조차도 외부에 의존하도록 길들다 보니 우리 안에 확연하게 존재하는 이 생명의 감각을 잃어버렸습니다. 당신 안에 이미 완전한 생명의 감각이 있습니다. 그 감각을 찾고 그 감각을 활용하세요.

사랑을 표현하라

사랑은 누구에게나 있습니다. 단지 그 사랑을 표현하는 연습이 필요할 뿐입니다. 순수한 사랑의 에너지를 전할 방법은 많습니다. 눈빛에 사랑을 담아보세요. 만나는 사람들을 따뜻하고 편안한 눈빛으로 바라보세요. 목소리로 사랑을 전해보세요. 상냥하고 기분 좋은 목소리로 대화해 보세요. 손길로 사랑을 표현해 보세요. 소중한 사람의 손을 잡거나 어깨에 손을 올려보세요. 따뜻한 손길이 마음과 마음을 이어줄 것입니다. 어떤 눈빛을 보낼지, 어떤 목소리로 말할지, 어떤 손길을 내밀지, 일상의 작은 것들이 모두 사랑을 표현하는 방법입니다.

내 삶의 목적은 무엇인가

삶이 공허하게 느껴진다면 자신에게 근본적인 물음을 던져야 할 때입니다. 스스로에게 물어보세요. "내 삶의 목적은 무엇인가?" 간절하고 진지하게 묻고 또 물으며 답을 구해보세요. 자기 내면에 집중해서 묻다 보면 어느 순간 에고의 목소리가 아닌 영혼의 목소리를 듣게 될 것입니다. 그 답을 중심으로 당신의 삶에 변화가 생길 것입니다. 무엇을 버리고 무엇을 얻어야 할지 알게 되면서 삶이 새롭게 재편될 것입니다.

마음이 창조한다

힘이 있어서 힘을 내는 것이 아닙니다. 힘을 내려고 애쓰니까 힘이 생기는 것입니다. 자신감이 있어서 도전하는 것이 아닙니다. 도전하려고 하니까 자신감이 생기는 것입니다. 충분해서 나누는 것이 아닙니다. 나누려고 하니까 충분해지는 것입니다. 상황이 아니라 마음이 창조합니다.

내 인생의 경영자

오늘 하루를 잘 살려면 오늘의 목표가 분명해야 합니다. 아무리 성능 좋은 내비게이션이라도 목적지를 입력하지 않으면 내비게이션은 작동하지 않습니다. 우리의 뇌도 마찬가지입니다. 하루 경영, 더 나아가서 인생 경영을 잘하기 위해서는 '내가 무엇을 창조할 것인가?'를 자기 뇌에게 명확하게 알려주어야 합니다. 훌륭한 경영자는 회사의 비전을 명확히 제시하고 구성원들의 마음을 움직여 비전을 이룹니다. 마찬가지로 내 인생의 경영자가 되려면 내 인생의 방향부터 정해야 합니다. 하루를 잘 경영하려면 하루의 목표를 세우는 것부터 시작하세요. 그리고 스스로 세운 목표를 실행하는 훈련을 하세요. 하루의 목표를 세우고 실행하는 것을 습관화하세요. 인생의 방향이 분명하고, 하루를 잘 경영하는 습관을 기른다면 누구나 자기 인생의 최고경영자로 살아갈 수 있습니다.

최고의 타이밍

뭔가 하고 싶은 게 있는데 언제, 어떻게 시작할지 고민만 하며 시간을 보내고 있습니까? 꼭 필요하고 의미 있는 일 이라면, 다 준비가 되지 않았더라도 일단 시작해 보세요. 필요하다고 느끼는 순간이 최고의 타이밍이자 기회입니다. 일단 시작하면 그다음에는 우리 뇌가 알아서 길을 찾아갑 니다. 창조의 원리는 아주 간단합니다. 내면의 소리를 따 라 그냥 행하면 됩니다. 무엇이든 첫걸음을 떼는 게 어렵 지, 한번 해보면 세수하다 코를 만지는 것만큼 쉬울 수 있 습니다. 꿈을 이루는 과정에서 난관에 부딪힐 때도 많습니 다. 도와줄 사람이 없어서, 절차가 까다로워서, 자금이 부 족해서 등등. 그럴 때는 손 놓고 있거나 상황이 좋아지기를 기다리지만 말고, 지금 당장 내가 할 수 있는 것부터 해보 세요. 의지만 굳건하면 길은 있습니다. 창조에 필요한 지식 은 책에서만 오지 않습니다. 직접 움직이며 얻는 정보가 진 짜 살아 있는 정보입니다. 그러니 부지런히 움직이세요. 머 리로 미리 판단하지 말고 움직이면서 생각하세요. 일을 이 루기 위해 사람들을 만나면서 몸으로 부딪쳐 보세요. 끊임 없이 움직이고 사람들과 연결할 때 그 속에서 창조가 일어 납니다.

사람의 길

인간으로 태어나 자신의 참나를 찾고, 그 참나가 가리키는
자신의 길을 따라 걸으면 됐습니다. 그것이 사람의 길이고,
도리입니다. 그것으로 충분합니다.

존재 자체가 축복

세상이 자신의 가치를 알아주지 않는다고 해서 자신의 가치가 바뀌지는 않습니다. 한 사람 한 사람의 절대적인 가치는 세상의 기준으로 매길 수 없기 때문입니다. 우리는 모두 지구의 축복을 받고 태어난 귀한 존재들입니다. 자신이 생각하는 것보다 훨씬 더 위대한 존재입니다. '내가 이 세상에 온 것은 지구가 나를 간절히 원했기 때문이다. 나라는 존재 자체가 지구에 큰 축복이다.' 이런 마음으로 자신과 타인을 귀하게 여기는 사람은 절대 대충 살 수 없습니다.

움직이면 길이 열린다

평소에 해보지 않은 일에 도전하려고 하면 기대감에 설레기도 하고 두려움에 떨리기도 합니다. 그런 순간, 용기를 내어 당신이 최대한의 힘을 쓸 수 있도록 스스로를 몰아붙여 보세요. 익숙함이나 안전함으로 되돌아가지 말고 미지의 세계에 자신을 과감히 던져보세요. 시도하면 길이 열립니다. 움직여야 길이 보입니다. 스스로 선택한 목표를 향해 진심으로 행동하세요. 다른 누군가에게 잘 보이기 위해서가 아니라 자신에게 진실하게 다가가세요. 그 노력이 모여 분명 당신 앞에 새로운 길을 열어줄 것입니다.

Day 156

긍정의 의미

'긍정'한다는 것은 어제의 내가 아닌 오늘의 나로 살겠다는 의지이고 선택입니다. 현재에 집중하고 현재에 올인하겠다는 선택입니다. 과거나 미래에 얽매이지 않고 지금, 이 순간에 맞추어 말하고 행동하겠다는 의지입니다. 다른 사람이나 환경을 탓하지 않고, 내 뇌를 희망과 감사로 가득 채우겠다는 의지입니다. 매사에 긍정적인 태도로 살아가고 싶다면 과거는 지나가게 두세요. 오늘, 지금의 인연에 감사하며 앞으로 나아가세요. 긍정적인 태도는 우리 뇌를 단순하고 날렵하게 만들어줍니다.

부정적인 감정에
의리는 필요 없다

슬픔이나 절망, 원망, 질투에 깊이 빠져 괴로워하는 이들 중에는 부정적인 감정을 버리는 것이 누군가를 배신하는 일이라고 생각하기도 합니다. 예를 들어, 사랑하는 누군가를 떠나보낸 고통과 슬픔을 더 이상 느끼지 않는 것은 그 사람에 대한 배신이라고 여깁니다. 또 자신을 힘들게 한 누군가를 더 이상 원망하지 않는 것이 그 사람에게 굴복하고 자신을 배신하는 일이라 생각합니다. 그러나 그렇지 않습니다. 그런 감정에 오래 머물지 말고, 자기 인생에 행복과 평화를 초대해야 합니다. 정말로 자신을 사랑한다면 그렇게 해야 합니다. 어둠을 버리는 것은 배신이 아닙니다. 부정적인 감정에 의리를 지킬 필요가 없습니다. 빛을 향해서 가는 것이 중요합니다.

나는 나일뿐

나는 나입니다. 그 누구와도 비슷하지 않고, 그 누구와도 비교할 수 없는 유일무이한 존재입니다. 그러니 남과 비교하며 최고가 되기보다 매 순간 나로서 최고가 되기 위해 노력하세요.

반드시 하겠다,
한번 해보겠다

'반드시 하겠다'와 '한번 해보겠다' 사이에는 미묘하지만 근본적인 차이가 있습니다. 한번 해보겠다는 자신의 내부에서 마음이 하나로 모이지 않기 때문에 백 퍼센트의 에너지를 쓸 수가 없습니다. 마음속에 확신이 없다는 것을 뇌가 이미 알고 있기 때문입니다. 반면에 반드시 하겠다는 마음을 먹으면 확신이 생기고 마음이 가벼워집니다. 내면에서 혼란이나 갈등이 없기 때문에 에너지를 백 퍼센트 쓸 수 있습니다. 정말로 하겠다는 마음을 먹으면 뇌가 알아차리고 그 일을 이룰 수 있도록 만반의 준비를 합니다. 신기하게 주위 여건도 내 선택을 응원하는 쪽으로 바뀝니다.

인생의 의미

삶에는 아무런 의미가 없습니다. 당신의 삶에 미리 정해진 운명이나 의도 같은 것은 없습니다. 그러므로 자기 삶에 스스로 의미와 가치를 부여하고, 그 가치를 실현하기 위한 창조 활동에 몰두하면 됩니다.

최선을 다하는 습관

어떤 일에 진심으로 최선을 다하면 결과에 의연할 수 있습니다. '최선을 다했으니, 일이 되든 안 되든 이제 하늘이 알아서 하겠지. 되면 좋고, 안 되면 그것 또한 하늘의 뜻이겠지.'라는 마음의 여유가 생깁니다. 이러한 태도는 실패를 정당화하는 것이 아닙니다. 최선을 다했기 때문에 나오는 당당함입니다. 최선을 다한 사람에게 실패란 없습니다.

자신의 가치를 자각하라

돈이든, 사람이든, 정보든 그것을 귀중하게 여기는 사람에게 모입니다. 한 번 쓰고 버릴 듯이 다루는 사람에게는 모이지 않습니다. 자기 자신에 대해서도 마찬가지입니다. 충만한 삶을 살기 위해서는 자신을 귀하게 여기고 자신의 본질적인 가치를 믿어야 합니다. 우리는 모두 자기 자신이나 외부의 평가와 상관없이 본질적으로 소중하고 가치 있는 존재임을 자각해야 합니다. 하지만 아무리 가치 있는 존재라 해도 스스로 자신을 인정하지 않으면 그 빛을 제대로 발휘할 수 없습니다.

생명의 생생함을 느껴라

눈을 감고 고요히 앉아 호흡을 고르면, 우리 몸의 생명현상
이 왕성해지며 내면의 자연이 깨어납니다. 원래부터 존재
했던 것, 만들어지지 않은 것, 길들지 않은 것, 우리가 살면
서 만든 '나'라는 브랜드 너머에 있는 우리의 본질이 드러
납니다. 있는 그대로의 나, 본래부터 내 안에 존재하는 생
명의 가치에 눈을 뜨는 것은 매우 중요합니다. 내 안에 흐
르는 생명을 생생하게 느낄 때 전해지는 기쁨, 충만함, 감
사함, 자신에 대한 절대적인 사랑에는 대단한 치유의 힘이
있습니다. 생명에서 오는 모든 존재와의 깊은 연결감은 자
신과 다른 사람들을 진심으로 용서하고 사랑할 힘을 줍니
다. 사람들에게서 받은 상처를 치유하고, 인간관계에서 오
는 고통과 집착을 넘어설 수 있게 합니다.

의식의 힘을 써라

웃음은 아주 좋은 운동이자 기공입니다. 평소에는 웃는 게 어렵지 않은 사람도 부정적인 관념이나 감정에 깊이 빠지면 한 번 웃는 것조차 힘들 수 있습니다. 내 의식의 힘이 얼마나 강한지 확인하고 싶다면, 지금 한번 웃어보세요. 어떤 상황이라도, 아무리 큰 고통과 슬픔 속에 있더라도 그냥 미소를 지어보세요. 정말로 환하게 미소를 지어보세요. 입꼬리만 올라가는 것이 아니라 눈도 웃고, 코도 웃고, 가슴까지 미소를 지어보세요. 그렇게 할 수 있다면 당신은 강력한 의식의 힘을 쓴 것입니다. 한 번의 미소가 당신의 몸과 마음, 주위에 일으킨 변화를 주의 깊게 살펴보세요. 분명히 무언가가 달라졌을 것입니다. 삶의 변화는 그렇게 의식의 힘으로 만들어가는 것입니다.

스스로를 칭찬하라

누군가에게 칭찬받고 인정받으려 애쓰기보다 먼저 스스로를 칭찬하는 습관을 길러보세요. 내가 나를 칭찬하면 무엇보다도 내 뇌가 좋아합니다. "그래, 잘했어." "나는 꽤 괜찮은 사람이야!" "수고했어. 고생이 많지?" 당신이 듣고 싶었던 칭찬과 격려의 말을 스스로에게 들려주세요. 스스로에게 칭찬을 받아도 기분이 좋아집니다. 칭찬을 들으면 우리 뇌에서는 좋은 호르몬이 분비되고, 삶의 의욕과 활력이 솟아납니다. 무엇보다 자기 존중감이 높아집니다. 매일 스스로를 칭찬하세요. 당신의 모든 장점을 찾아내어 칭찬하고 당신의 무한한 가능성을 예찬하세요. 조금만 잘해도 크게 칭찬해 주세요. 원하는 목표를 다 이루지 못했더라도 노력한 당신을 인정하고 칭찬해 주세요. '칭찬은 고래도 춤추게 한다.'라는 말이 있습니다. 그렇게 좋은 칭찬을 자신에게만 아낄 이유는 없습니다. 스스로를 자주, 마음껏 칭찬해 주세요.

나를 일으켜주는 한 사람

사람이든 동물이든 식물이든, 정성과 사랑을 받은 생명은 그 본연의 가치를 발현합니다. 살다 보면 힘든 순간도 많고 다 포기하고 싶은 순간도 찾아옵니다. 그때 나를 일으켜주는 단 한 사람만 있어도 다시 살아날 수 있고, 절망을 뚫고 날아오를 수 있습니다. 우리는 모두 자신에게, 주위 사람들에게 그 한 사람이 되어줄 수 있습니다. 내가 누군가에게 그 한 사람이 되어줄 수 있다는 것은 무척이나 경이롭고 아름다운 일입니다.

보장된 내일은 없다

우리는 내일도 살아 있으리라는 가정 아래 시간을 정하고, 약속을 잡고, 계획을 세웁니다. 때로는 할 일을 미루고, 최선을 다하지 않고, 지금 이 순간이 사라지는 것을 안타까워하지 않습니다. 하지만 우리가 내일도 오늘처럼 숨 쉬고 살아 있으리라는 보장은 어디에도 없습니다. 언제든지 내 생명이 한순간에 사라질 수도 있다는 사실을 기억한다면, 우리는 자신을 사랑하는 일을 내일로 미루지 않을 것입니다. 자신의 영혼이 원하는 일을 오늘 바로 시작할 것입니다.

하늘과 통하려면

"당신이 먼저 주면 내가 주지." 사람들 사이의 거래에는 은연중에 이런 조건이 붙습니다. 누가 먼저 줄 것인지, 누가 더 많이 받을 것인지를 두고 신경전을 벌입니다. 그런데 굳건한 믿음이 있으면 조건이나 밀당은 필요 없습니다. 내가 먼저 주되 돌려받지 않아도 괜찮다고 생각합니다. 하늘과 거래를 할 때는 무조건적인 믿음이 필요합니다. 하늘과 통하고 싶다면 당신의 마음을 먼저 주길 바랍니다. 하늘의 마음을 먼저 달라거나 내 믿음을 어떻게 보상할 거냐고 떼쓰지 마세요. 사람은 준 것을 떼어먹기도 하지만 하늘은 절대 그러지 않습니다. 하늘은 받은 것을 반드시 돌려줍니다. 절대적인 믿음으로 돌려받을 것을 기대하지 않고 정성을 다할 때 하늘과 통할 수 있습니다.

완전히 몰두하면
에고가 사라진다

무언가에 온전히 몰두해 있을 때는 자기가 없습니다. 두려움이나 걱정 같은 감정도 없습니다. 완전히 무無가 되는 것입니다. 최고의 기쁨은 무에서 나옵니다. 자기가 없어졌을 때 나옵니다. 일의 기쁨과 보람을 느끼는 순간은 이미 에고의 상태입니다. 최고로 몰두해 있는 상태는 아닙니다. 온전히 몰두하면 자신이 몰두하고 있는지조차 모르고, 지극한 정성을 쏟고 있다는 생각조차 없어집니다. 그때 자기는 사라지고 그 순간에 하는 일과 완전히 하나가 됩니다.

참나의 아우성

편안함에 안주하면 성장은 일어나지 않습니다. 내가 지금
이 상태로 머물면 큰일 나겠다는 생각이 들 때 변화가 일
어납니다. '이대로는 안 되겠다, 변화해야겠다, 어떻게든
이 상태에서 벗어나야겠다'는 생각이 있어야 성장합니다.
이러한 위기의식은 당신을 향해 외치는 참나의 아우성입
니다.

그냥 웃어라

우리에게는 조건 없이 그냥 기쁘고 행복을 느끼는 감각이 있습니다. 행복과 평화는 어떤 조건의 대가로 주어지는 것이 아닙니다. 그냥 존재하는 것입니다. 그러니 '웃을 일이 있어야 웃지'라고 생각하지 말고, 그냥 웃으세요. 지금 그냥 웃어보세요. 웃으면 행복해지고, 행복해지면 더 웃게 됩니다. 웃을 일이 있을 때 웃는 것은 누구나 다 합니다. 웃을 일이 전혀 없을 때도 웃을 수 있어야 내면의 힘이 강한 사람입니다. 우리에게는 감정을 능동적으로 변화시킬 힘이 있습니다. 내가 스스로 선택해서 웃는 그 한 번의 웃음이 나를 위한 힐링의 시작입니다.

수행의 향기

우리는 수행修行을 통해 몸과 마음에 정성을 들이며 생명 에너지와 만납니다. 평상시에 느끼는 감정과 에고가 아니라 그 너머의 근원적인 나를 만나는 것입니다. 수행은 생각으로 되지 않습니다. 몸을 직접 움직이며 온몸으로 깨우치는 것입니다. 수행은 성실하고 진실한 태도로 임해야 합니다. 수행하는 사람에게는 외로움이 끼어들 새가 없습니다. 혼자 있을 때도 몸과 마음을 단련하며 근원의 나, 참나와 만나기 때문에 홀로 있어도 혼자가 아닙니다. 우리의 인생은 평생에 걸친 수행이라 할 수 있습니다. 명상으로 하루를 마무리하며 참나와 만나는 시간을 가져보세요. 매일 자신을 돌아보며 진실하게 영혼의 성장을 추구하는 사람에게는 수행의 향기가 납니다.

내면의 자기 계발

새로운 분야의 자격증을 따거나, 외국어를 익히거나, 무거운 아령을 들어 올리는 것만이 자기 계발이 아닙니다. 더 자주 미소 짓고, 사랑한다고 말하는 것이 더 쉬워지며, 타인의 실수에 관대하고, 스스로에게 진실해지는 것 또한 매우 중요한 자기 계발입니다. 자기 자신과 남을 대하는 태도에서 나타나는 이런 작은 변화들이야말로 우리의 삶을 더욱 풍요롭게 하고, 사는 재미를 북돋아 줍니다.

내가 선택하면 중요해진다

다른 사람들이 아무 관심을 두지 않더라도 내가 중요하다고 생각하면 그것은 세상의 그 어떤 것보다도 귀한 가치를 지닙니다. 길가에 굴러다니는 작은 돌멩이 하나도 내가 소중하게 생각하면 다이아몬드보다 더 귀해질 수 있습니다. 내가 가치를 부여했기 때문에 중요해진 것입니다. 남들이 정한 사물의 가치에 끌려다니지 마세요. 어떠한 것이 가치가 있고 없고는 내가 정하고, 내가 선택하는 것입니다.

오늘을 행복하게

평생을 행복하게 사는 것은 어려울 수 있지만 오늘 하루를 행복하게 사는 것은 쉽게 도전해 볼 수 있습니다. 오늘 하루만큼은 행복하겠다고 마음먹고, 행복한 하루를 디자인해 보세요. 내가 어떨 때 행복한지 생각해 보고, 그 느낌을 일으킬 환경을 만들어 보세요. 하루하루를 그렇게 살다 보면 우리 삶에 행복한 순간들이 점점 늘어날 것입니다

환합니다

'환하다'는 말 속에는 '밝다'라는 뜻이 담겨 있습니다. "환
합니다"라고 소리 내서 말하면 말의 의미처럼 얼굴이 밝아
집니다. 환하지 않아도 환하다고 말하면 환해집니다. 환하
다는 말 속에 환한 에너지가 담겨 있기 때문입니다. 찡그리
거나 슬픈 얼굴로는 '환'이라고 제대로 말할 수 없습니다.
미소를 지어야만 환하다는 말을 제대로 할 수 있습니다. 마
음이 무겁고 어두울 때는 재빨리 "환!"이라고 말해보세요.
본래부터 완전하고 스스로 존재하는 밝고 밝은 의식, 그 환
한 마음이 당신에게 있습니다. 환하다고 말하면서 환한 마
음을 기억하고, 그 마음으로 돌아가세요.

지금 이 순간, 여기

우리 마음은 수많은 생각과 감정으로 가득 차 있습니다. 마음은 지금 여기에 머물러 있기보다 주위의 감각적 자극이나 정보, 생각, 감정을 따라 여기저기 돌아다닙니다. 명상은 이렇게 밖으로 떠도는 마음을 지금 여기로 가져와 자기 몸과 마음에서 일어나는 현상을 알아차리는 것입니다. 명상의 핵심은 지금 이 순간에 온전히 머무는 것입니다. 그래서 생각과 감정을 비우고 마음을 가라앉히는 행위, 떠도는 마음을 지금 여기로 불러오는 것은 다 명상이 될 수 있습니다. 눈을 감고 앉아서 하는 것만이 명상은 아닙니다. 걷고, 차를 마시고, 설거지하고, 잡초를 뽑는 것도 다 명상이 될 수 있습니다. 지금 여기에 몰두하면 머릿속을 떠도는 여러 생각이나 감정이 저절로 가라앉고, 자신의 현재 모습을 치우침 없이 있는 그대로 바라볼 수 있습니다. 그러한 담담한 마음에서 더 좋은 선택과 행동으로 이끄는 지혜와 통찰이 솟아납니다.

항해 중인 배는
파도를 피할 수 없다

꿈이 없으면 천천히 걸어갈 길도, 꿈이 있으면 전력을 다해 뛰어가야 할 때가 있습니다. 그래도 꿈이 없는 편안한 길보다는 꿈이 있는 힘든 길이 더 가치 있다고 믿는 사람은 누가 뭐래도 그 길을 계속 갑니다. 배가 목적지를 향해 나아갈 때 파도를 피할 수 없는 것처럼 우리는 파도를 뚫고 나아가야 합니다. 항해를 결심한 이상 파도는 밀려오게 되어 있습니다. 항해에 관심이 없는 사람은 바닷가에 서서 편안하게 파도를 구경할 수 있을지는 모르지만, 결코 바다가 어떤 곳인지 알지 못할 것입니다.

진실은 진실로서
가치가 있다

진실은 진실로서 가치가 있습니다. 많은 사람이 추앙하고
믿는다고 해서 어떤 가치의 진정성이 커지는 것이 아닙니
다. 사람들이 믿지 않고 도외시한다고 해서 어떤 가치의 진
정성이 작아지는 것이 아닙니다. 세상이 나의 가치를 알아
주지 않는다고 해서 내 가치가 줄어드는 것이 아닙니다. 한
사람 한 사람의 가치는 절대적이며, 세상의 평가와는 아무
상관이 없기 때문입니다.

모른다고 멈추지 마라

일을 하다 한 번도 경험한 적이 없는 낯선 상황에 부딪혔을 때, "저는 잘 모르겠습니다."라고 말하며 남의 일을 대하듯 손을 떼는 사람이 있습니다. 그 사람은 자신의 인생에 그저 손님으로 머물기 쉽습니다. 주인의식이 있는 사람은 '절대 그런 식으로 상황을 회피하거나 모면하지 않습니다. 처음부터 일의 모든 과정을 다 알고 하는 사람은 거의 없습니다. 원래 잘 모르는 일을 어떻게든 해나가면서 성장하는 것입니다. 모른다고 거기서 멈추면 더 이상 배울 수가 없습니다. 모르는 것을 궁금해하고, 더 깊이 고민하며, 그것을 해결하려는 태도로 멈추지 않고 일을 계속해 나갈 때 자기 인생의 주인이 될 수 있습니다.

참나가 주는 선물

"참나를 만나면 두려움이나 걱정이 완전히 사라지나요?" 사람들이 종종 묻습니다. 바다를 항해하면서 파도가 치지 않기를 바랄 수는 없습니다. 파도가 전혀 없다면 배는 항해가 아닌 정박을 할 것입니다. 참나를 만나도 인생은 여전히 두려움이나 불안, 걱정을 몰고 옵니다. 참나가 인생의 거친 파도를 걷어가는 것은 아닙니다. 대신 아무리 어둡고 험한 바다에서도 길을 안내하는 등대가 되어줍니다. 참나와의 만남은 인생의 항해에서 길을 잃지 않고, 영혼이 원하는 것을 선택할 수 있게 힘을 줍니다. 그 선택을 행동으로 옮길 수 있게 용기를 줍니다.

길을 나서야 길을 찾는다

길을 찾고자 하면 일단 길을 나서야 합니다. 길을 나서야 새로운 길을 찾을 수 있습니다. 깊은 숲속을 걷다 보면 막다른 길에 다다르기도 합니다. 길이 더 이상 보이지 않고, 덤불숲과 빽빽한 나무가 앞을 가로막고 있습니다. 이때 가던 걸음을 멈추면 길은 거기서 끝납니다. 하지만 길이 보이지 않아도 한 걸음을 더 내디뎌 숲으로 들어가면 새로운 길이 만들어집니다. 없던 길을 그렇게 만들어서 가다 보면 어느 순간 큰길을 만나기도 합니다. 세상의 모든 개척은 그렇게 이루어졌습니다. 길을 나서야 길을 만날 수 있습니다.

나에게는 내가 있다

사람들은 혼자 있을 때 주변에 아무도 없다고 착각합니다. 혼자 있는 것 같지만 그렇지 않습니다. 나 자신과 함께 있습니다. 혼자 있는 시간은 나를 사랑할 최고의 시간입니다. 이 세상에서 제일 사랑하는 사람을 대하듯, 이 세상에서 가장 귀하고 존경하는 사람을 대하듯, 혼자 있는 자신에게 정성을 쏟아보세요.

명상을 하는 한 가지 이유

분노, 슬픔, 외로움 등의 감정에 빠져 있으면 자기를 제대로 볼 수 없습니다. 마음의 중심이 흐트러진 상태이기 때문입니다. 감정에 치우쳐 있다고 느껴질 때는 명상을 하세요. 명상은 감정을 없애기 위해 하는 것이 아닙니다. 감정이 더이상 주인 노릇을 하지 못하게 하려는 것입니다. 명상을 통해서 감정이 잦아들면, 바다 위로 서서히 아침 해가 떠오르듯이 우리의 영혼이 떠오릅니다. 영혼이 마음을 밝히면 감정 따라 흔들리던 마음의 초점이 다시 살아납니다. 그때 자신을 더 명확하게 바라볼 수 있습니다.

멀리서 보면 보이는 것들

'대의大義'란 큰 뜻입니다. 대의를 갖는다는 것은 멀리서 보는 것입니다. 나나 내 가족이라는 작은 울타리 너머 더 많은 사람을 위한 큰 뜻을 품는 것입니다. 대의를 품으면 사소한 것은 그냥 넘길 수 있습니다. 자잘한 시시비비에 연연하지 않습니다. 크게 보고 멀리서 보면 많은 것이 눈에 들어옵니다. 그래서 나 자신이나 내 가족만 걱정하는 것이 아니라, 세상을 걱정합니다. 좋은 세상을 만들기 위해 내가 어떤 일을 할 수 있을지 진지하게 고민합니다.

당신은 완전하다

참나는 완전합니다. 하지만 우리는 이것을 잘 수긍하지 못합니다. 자신이 문제투성이인 것처럼 느껴질 때가 많습니다. 과거의 경험과 관념이 만들어낸 기억 때문입니다. 그것은 우리의 시야를 가리는 장막일 뿐 우리의 실체는 아닙니다. 이 장막을 계속 인정하면 점점 더 두꺼워지고 강해집니다. 우리 눈에 보이는 지구는 평평하지만, 실제 지구는 둥급니다. 그것은 지구의 문제가 아니라 우리 시야의 한계입니다. 지구에서 멀리 떨어져 넓은 시야로 보면 둥근 지구의 전체 모습이 보이는 것처럼, 의식이 커져야 나의 실체를 느낄 수 있습니다. 그때 우리 영혼이 완전하다는 것을 저절로 알게 됩니다. 우리의 영혼인 참나는 완전하지만, 우리의 의식은 완전하지 못합니다. 의식의 크기만큼 자신의 영혼을 느낍니다. 진짜 자기를 만나고자 하면 의식을 키워야 합니다.

뇌에게 질문하라

우리 뇌에는 훌륭한 진단 시스템이 있습니다. 그러나 질문하지 않으면 이 시스템은 작동하지 않습니다. "왜 이럴까?" "무엇이 문제일까?" "지금 내게 가장 필요한 것은 무엇일까?" "내가 진짜 원하는 것은 무엇일까?" 뇌에게 계속 질문을 던져야 합니다. 우리 뇌는 깜짝 놀랄 만큼 똑똑합니다. 균형 감각을 타고났기 때문에 문제가 생기면 바로 감지할 수 있습니다. 문제를 발견할 뿐만 아니라 문제에 대한 해결책도 찾을 수 있습니다. 이런 뇌의 능력을 최대한 활용하려면 끊임없이 질문을 던지고, 뇌가 해결책을 찾도록 숙제를 내주어야 합니다. 인생의 중요한 문제들이 잘 풀리지 않는 이유는 문제가 어려워서가 아닙니다. 그보다는 우리가 자기 뇌에게 질문을 충분히 던지지 않기 때문입니다.

나는 잘난 사람이다

자신이 정말 잘났다고 생각하세요. 남들이 뭐라 하든 스스로를 진짜 잘났다고 믿으면 자신감이 생깁니다. 반대로 자신이 못났다고 생각하면 자꾸 위축됩니다. 모든 사람이 자기가 잘났다고 생각해야 합니다. 왜냐하면 그것이 사실이기 때문입니다. 모든 사람은 다 잘났습니다. 우리는 모두 무한한 창조성을 지닌 뇌를 갖고 있기 때문입니다. 자기가 잘났다고 믿을 때, 뇌는 창조성을 더 적극적으로 발휘합니다. 우쭐함이나 자만심으로 다른 사람을 무시해서는 안 되지만 자신이 잘났다고 믿는 자신감은 모두가 가져야 할 중요한 마음가짐입니다. 자기가 특별하다고 믿으면 특별해집니다.

생명 자체의 기쁨

많은 사람이 '나'라는 '생명'이나 '존재' 자체에서 오는 기쁨을 잊은 채 살아갑니다. 그래서 타인을 통해 그 기쁨을 채우려 합니다. 지금 이 순간 살아 있는 의식, 생명 자체를 느낌으로써 맛보는 기쁨은 인간으로서 느낄 수 있는 최고의 기쁨입니다. 생명 자체에서 오는 기쁨을 느낄 수 있을 때 인간관계에서 오는 갈등과 고통을 이겨낼 수 있고, 죽음에 대한 두려움도 넘어설 수 있습니다. 지금 이 순간, 생명 자체의 기쁨을 느껴보십시오. 그 어떤 집착과 고통도 넘어설 수 있는 아주 밝고 큰 생명의 기쁨을 느껴보세요.

언어의 한계를
넘어서려면

언어로 정보를 전달하는 데는 한계가 있습니다. '기쁨'은 말로 다 표현할 수 없고, '웃음'의 무게는 저울로 측정할 수 없습니다. 우리는 에너지로 느끼고 소통합니다. 에너지는 가장 순수한 정보로 언어의 한계를 넘어 주고받을 수 있습니다. 단, 서로 사랑하고 마음이 통할 때 가능합니다. 언어 없이도 주고받을 수 있는 진실은 사랑하면 다 알게 됩니다.

거울 속의 나

거울에 비친 자기 모습에 반해보세요. 당신이 자신을 보는 방식대로 세상과 다른 사람들도 봅니다. 자기 모습에서 아름다움을 발견하면 세상과 다른 사람들에게도 아름다움을 봅니다. 거울 속 자신에게 반하세요. 거울 속의 자신을 보고 "정말 잘생겼다, 너무 아름답다, 매력이 넘친다"라고 말해주세요. 세상에 단 하나밖에 없는 귀한 얼굴에 말해주세요.

스스로를 피해자로
만들지 마라

지금 내가 처한 상황이 누구 때문이라고 생각하면 그 사람을 원망할 수밖에 없습니다. 자신을 피해자로 여기면 무의식 속에서 가해자가 나타나게 되고, 그 가해자를 떠올릴수록 증오심이 커집니다. 마음속에 감사함이 사라지고, 사랑하는 마음이 생길 수 없습니다. 그래서 어떤 순간에도 자신이 피해자라는 생각을 품지 말아야 합니다. 스스로를 피해자로 규정하는 순간, 자기 운명의 고삐를 다른 사람에게 쥐어주는 것입니다.

에너지 쟁탈전에서
벗어나라

상대방에게 에너지를 주기보다는 뺏으려는 사람이 더 많습니다. 우리는 알게 모르게 에너지 쟁탈전을 벌이고 있습니다. 이 쟁탈전에서 벗어나는 유일한 길은 참나를 만나 우주의식과 하나 되는 것입니다. 우주 의식과 하나가 되면 다른 사람이나 사물로부터 에너지를 얻기 위해 애쓰지 않아도 됩니다. 거대한 에너지의 원천에 연결하면 언제든지 충전할 수 있기 때문입니다. 그때 우리는 에너지 쟁탈전에서 자유로워지며, 마치 태양처럼 스스로 에너지를 충전하여 다른 사람에게 에너지를 나눠줄 수 있습니다.

스스로 하는 힘

자연은 스스로 합니다. 누구도 강물에게 흐르라고 명령하지 않고, 꽃잎에게 지라고 강요하지 않습니다. 모자라면 채우고 넘치면 비우는 생명의 법칙을 스스로 따를 뿐입니다. 우리 안의 자연이 깨어나면 우리도 스스로 행동합니다. 스스로 자신의 가치를 찾고, 자신을 관리하며, 자신이 원하는 인생을 창조합니다. 누가 시켜서가 아니라 스스로 인생의 길을 개척합니다. 그것이 자연의 속성이기 때문입니다.

의지가 있다면
길은 반드시 열린다

의지가 백 퍼센트라면 방법은 반드시 찾아집니다. 의지는 우리 내면의 가장 강력한 에너지입니다. 이 에너지가 꿈과 만날 때 불가능을 가능으로 바꾸는 힘을 얻습니다. 단순한 지식은 머릿속에 머물지만, 의지는 우리를 행동하게 만듭니다. 모든 성취는 '나는 이것을 이루고 싶다'는 꿈에서 시작합니다. 그 꿈이 '나는 이것을 해내고 말겠다'는 확고한 의지로 바뀔 때, 우리 뇌는 온 힘을 다해 꿈을 이룰 방법을 찾아냅니다. 꿈을 꾸는 것에서 멈추지 말고 그 꿈을 이루기 위한 의지를 내세요. 의지가 백 퍼센트라면 길은 반드시 열립니다.

움직여라

'지금 내가 할 수 있는 일이 무엇일까? 지금 무엇을 해야할까?' 스스로에게 묻고, 내면의 답을 따라 끊임없이 움직이세요. 움직임을 통해 자신의 가치가 표현되고 발현됩니다. 창조는 움직임 속에서 이루어지는 것입니다. 가만히 있어서는 창조가 일어나지 않습니다. 과거에 얽매이지 말고, 미래를 걱정하지 말고, 현실을 두려워하지 말고, 당당하게 움직이세요. 창조하세요. 생명을 죽음에 그냥 바치지 말고 자신의 생명을 불태워서 새로운 자신과 새로운 세계를 창조하는 원동력으로 삼으세요.

Day 197

힘들 때 감사할 수 있다면

일이 잘 되고 운이 좋을 때 감사하는 것은 누구나 할 수 있지만, 상황이 어렵고 힘들 때 감사함을 느끼는 것은 말처럼 쉽지만은 않습니다. 그래도 감사하는 마음을 쓰는 것이 자신에게 훨씬 유익합니다. 힘든 상황에 대해 투덜거리며 불만을 토로한다고 해서 그 상황이 바뀔 리 없습니다. 마음만 더 힘들어집니다. 힘든 시간을 견디고 이겨냈을 때 인생의 의미를 더 깊이 이해하고, 내적으로도 성장합니다. 어떤 상황도 감사하게 받아들이는 연습을 해보세요. 부정적인 감정을 정화하고, 마음 그릇을 키우는 데 감사하는 마음 이상 좋은 것이 없습니다. 아무리 힘든 상황에서도 감사한 마음만 있다면 인생이 따뜻하고 행복해집니다. 언제나 감사한 마음을 품을 수 있다는 것은 크나큰 축복입니다.

집착과 탐욕의 뿌리

집착과 탐욕의 뿌리는 '악'이 아니라 '어리석음'입니다. 자신에게 만족과 행복을 주는 것이 무엇인지 모르는 어리석음에서 집착이 생기고, 집착이 모여 탐욕이 됩니다. 집착과 탐욕은 벌한다고 사라지는 것이 아닙니다. 자기 영혼을 만족시키는 것은 다른 사람이나 물질, 지식이 아니라 자기 내면에 있다는 자각이 필요합니다. 그러한 자각은 어리석음을 지혜로 바꾸고, 집착과 탐욕을 내려놓게 합니다.

무조건 감사하라

감사하는 것도 훈련입니다. 처음에는 무엇에 감사해야 할지 막막할 수 있습니다. 원망으로 가득 차서 감사할 게 없다고 생각할 수도 있습니다. 우리는 늘 특별한 것에만 감사하며, 우리 곁에서 일어나는 당연한 것들에는 무심해지기 쉽습니다. 그런데 생각해 보면 우리의 평범한 일상이야말로 기적 같은 일입니다. 한 가지라도 진심으로 감사하는 마음을 가져보세요. 감사하기 시작하면 모든 것이 감사할 일임을 알게 됩니다. 진심에서 우러난 무조건적인 감사는 아무리 힘든 상황도 가치 있게 만드는 힘이 있습니다. 감사는 걱정을 녹이고, 실망과 슬픔을 치유하며, 삶을 긍정으로 채우는 가장 빠른 방법입니다.

못하는 사람, 안 하는 사람

무언가를 "못한다"고 하는 말을 잘 믿지 않습니다. '못하는 사람'과 '안 하는 사람'은 다르게 들리지만, 사실은 같은 의미입니다. 안 하니까 못하는 것입니다. '못한다'는 것은 뇌의 착각입니다. 대개 하지 않았기 때문에 못하는 것입니다. 모든 것을 완벽하게 잘 해내기는 힘듭니다. 하지만 어떤 일이든지 시도하고 노력하면 해낼 수 있습니다. 우리 뇌에 그런 힘이 있습니다. '내가 안 했기 때문에 못 했다'는 것을 깨달으면 그때부터는 '하는 사람'이 됩니다.

힘들수록 사랑하라

누군가가 밉다고 계속 그 감정을 붙들고 있으면 미운 감정
은 더 커지고 내 마음만 꽉꽉해집니다. 주위에 내 마음에
드는 사람만 있을 리 없고, 항상 좋은 일만 일어나지도 않
습니다. 미운 감정이 올라오더라도 그 사람의 좋은 점을 보
려고 노력하고, 불편한 상황을 개선하기 위해 애쓰는 과정
에서 인내와 용서와 사랑의 씨앗이 자라납니다. 그런데 정
말로 답답하고 힘든 상황에서는 나 자신마저 미워질 때가
있습니다. 그럴 때는 '내가 나를 미워하는데 누가 나를 사
랑하겠어?'라는 생각으로 자신을 다독이며 격려해야 합니
다. 그래야 다른 사람들에게도 그렇게 할 수 있습니다. 마
음이 힘들수록 사랑하고 또 사랑하세요. 사랑의 첫 번째 대
상은 자기 자신입니다. 자신을 사랑하는 마음이 자라서 타
인과 세상을 향한 사랑으로 커갑니다.

생각으로 생각을
바꿀 수 없다

생각으로 생각을 바꿀 수 없고, 근심으로 근심을 잠재울 수 없습니다. 자신이 부정적인 생각이나 근심의 소용돌이에 빠졌다고 느낀 순간, 몸을 움직이세요. 몸을 움직여서 에너지를 바꾸세요. 밖으로 나가서 걷거나, 춤을 추거나, 즐거운 노래를 듣거나, 활짝 웃어보세요. 부정적인 에너지 속에 계속 머무는 것만큼 자신에게 해가 되는 것이 없습니다.

선한 강함이 필요하다

개인이든 공동체든 자유를 유지하기 위해서는 강해야 합니다. 평화를 지키기 위해서도 강해야 합니다. 그런데 그냥 강하기만 해서는 안 됩니다. 선함을 동반해야 합니다. 노력하면 누구나 강해질 수는 있습니다. 그런데 선해지는 것은 노력만으로는 안 됩니다. 선해지기 위해서는 정신이, 철학이 살아 있어야 합니다. 선한 강함은 개인의 운명뿐만 아니라 세상의 운명을 좋은 방향으로 이끌 수 있습니다.

어떤 의식을 선택할 것인가

우리 뇌는 의식의 가장 낮은 단계인 수치심이나 죄의식부터 깨달음이라는 최고의 경지까지 모든 스펙트럼을 체험할 수 있는 준비가 되어 있습니다. 한순간에는 세상 모두가 나를 싫어한다는 피해의식의 나락으로 떨어졌다가, 다른 한순간에는 세상의 모든 생명에게 순수한 사랑을 느끼는 것이 인간의 뇌입니다. 우리의 의식은 찰나 찰나에 반짝이는 빛과 같습니다. 어떤 의식의 상태를 선택하고 작동할지는 뇌의 주인인 나 자신에게 달려 있습니다. 내 의식 상태의 책임을 다른 사람에게 미뤄서는 안 됩니다. 핑계를 대서도 안 됩니다. 내 의식의 상태는 온전히 내 책임이라는 진실을 받아들여야 합니다.

생명을 키우는 것은 천지다

우리는 흔히 텃밭의 감자와 호박을 자신이 키운다고 착각하지만, 사실은 하늘과 땅이 키웁니다. 햇빛, 바람, 물, 흙, 미생물 … 자연이 품어서 키우는 것입니다. 사람이 하는 일은 씨를 심고, 비료를 주고, 벌레를 잡는 정도입니다. 세상을 살아가는 일도 그렇습니다. 이 세상을 오직 내 힘으로만 살아간다고 생각하면 두려울 때가 많습니다. 하지만 내 생명을 좌우하는 것이 자연임을 알면 두려움을 내려놓을 수 있습니다. 생명을 키우고 지키는 것은 우리가 아니라 천지입니다. 힘들 때는 자기 힘에만 매달려서 고군분투하지 말고 당신을 키운 천지를 믿고 의지하세요.

습관적으로 살지 마라

앞으로 나아가야 원하는 방향으로 갈 수 있는데 제자리걸음만 하면서 왜 내 삶이 달라지지 않느냐고 불평해서는 안 됩니다. 익숙함과 편안함에 길들어 치열한 자기 점검과 반성 없이 습관적으로 살아가면, 주어진 시간과 공간을 제대로 활용할 수 없습니다. 단 하루, 단 한 시간을 살아도 내가 선택한 꿈과 가치, 신념으로 살아가야 합니다.

치유의 시작

치유는 상대방을 소중한 존재로 바라보는 것에서 시작됩니다. 상대방을 아름답고 귀한 존재로 볼 수 있어야 합니다. 다른 사람의 몸과 마음의 병을 고치는 직업적인 치료사든, 아픈 가족을 돌보거나 힘들어하는 친구에게 위로를 건네고 싶은 사람이든 상대방을 소중한 존재로 바라보는 것에서부터 치유는 시작됩니다. 자기 자신을 치유할 때도 마찬가지입니다. 자신을 하찮게 여기는 마음에서는 치유가 일어나지 않습니다. 스스로를 소중하고 가치 있는 존재로 여기는 것에서부터 자기 치유가 시작됩니다.

죽어야 산다

얼음의 입장에서 물이 되는 것은 죽음입니다. 물의 입장에서 수증기가 되는 것은 죽음입니다. 하지만 우리는 그것이 죽음이 아니라 변화라는 것을 알고 있습니다. 익숙한 환경을 떠나 새로운 도전에 뛰어들어야 할 때, 오랫동안 이어온 습관을 버려야 할 때, 독이 되는 인간관계를 청산하기로 마음먹을 때, 변화해야 하는 그 순간이 죽을 것처럼 두렵기도 합니다. 하지만 지금의 나와 내가 가진 것을 놓지 않으면 더 크고 새로운 나로 성장할 수 없습니다. 얼음은 물처럼 자유롭게 흐르기 위해 죽는 것입니다. 물은 수증기가 되어 새로운 여정을 시작하기 위해 죽는 것입니다. 마찬가지로 더 나은 나로 변화하고 도약하기 위해 기존의 익숙함과 편안함은 내려놓아야 합니다. 죽어야 삽니다.

진정한 예의

진정한 예의는 정해진 행동 양식이나 격식이 아니라 상대방을 존중하는 마음을 표현하는 것입니다. 말 한마디, 표정, 몸짓 하나하나에 마음이 담깁니다. 겉으로 깍듯하게 예의를 차려도 진심이 담기지 않으면 우리는 이를 알아챌 수 있습니다. 상대방이 나를 존중하고 진심에서 우러난 예의를 보일 때, 신뢰와 감동을 느낍니다. 윗사람이든, 아랫사람이든, 친구든 상대방의 사회적 지위에 상관없이 모두에게 똑같이 존중하는 마음을 표현하는 것이 예의입니다. 내가 이 세상에서 유일무이한 소중한 존재이듯 다른 사람도 그러하다는 것을 깊이 이해한다면, 우리는 다른 생명에게 진심을 담아 예의를 갖출 수밖에 없습니다.

생명이 빚어낸 현상

우리가 애쓰지 않아도 숨은 절로 쉬어집니다. 우리가 신경 쓰지 않아도 심장은 알아서 뜁니다. 우리 몸은 무질서 속에서도 질서를 유지하고, 변화 가운데서도 안정을 찾아가며, 완벽한 순환과 리듬과 균형을 보여줍니다. 공기를 통해 하늘이 코로 들어오고, 음식을 통해 땅이 입으로 들어옵니다. 우리는 하늘과 땅에 뿌리를 박고 피어난 한 송이 꽃입니다. 우리 몸은 생명이 빚어낸 하나의 현상입니다.

우주 뇌에 접속하라

우주는 창조적인 정보로 가득한 거대한 뇌와 같습니다. 정말로 풀리지 않는 문제가 있을 때 이 우주 뇌에 접속해서 필요한 정보를 얻을 수 있다면? 상상만으로도 즐거워집니다. 이 우주 뇌와 접속하고 싶다면 무의식의 상태에서 집중하는 연습을 해보세요. 머리를 싸매고 앉아 고민하지 말고 '해결하고 싶은 문제를 마음속에 품고' 열심히 생활하는 것입니다. 그러면 뇌는 우리가 깨어 있는 시간뿐만 아니라 24시간 연중무휴로 우주 뇌의 데이터베이스에 접속해 검색합니다. 그러다가 어느 날 샤워 중이거나 산책 중에, 잠자리에서, 혹은 대화 중에 불현듯 해결책이 떠오릅니다. 우주 뇌의 정보가 우리 뇌에 '톡'하고 다운로드되는 순간입니다. 마음속에 문제를 던져놓고, 무의식적으로 집중해서 뇌의 정보를 마음껏 끌어다 쓰세요.

자연의 시선을 느껴보라

아름드리나무로 가득한 숲 가운데 서 있을 때면 자연의 시선을 느낍니다. 내가 자연을 바라보고 있는 것이 아니라 자연이 나를 바라보고 있는 느낌이 듭니다. 나보다 더 오래 살았고, 나보다 더 오래 살아 있을 나무와 바위들이 나를 봅니다. 오랜만에 찾아온 손자를 반기는 할아버지 할머니처럼 나를 반겨주고 지그시 바라봅니다. 그렇게 한참 동안 자연을 느끼다 보면 내가 자연을 보는지, 자연이 나를 보는지 구분과 경계가 사라집니다. 나 또한 나무, 꽃, 새처럼 자연의 일부로서 지금 여기에 함께 존재합니다. 내가 자연이고, 자연이 나입니다. 그렇게 자연과 하나 된 순간, 온몸의 세포가 전율하며 감동이 밀려옵니다. 내가 자연 그 자체라는 사실이 이토록 감동적일 수 없습니다.

내 인생의 선장

우리는 저마다 자기 인생의 선장입니다. 자신의 인생 여정을 표류기로 만들 수도 있고, 항해일지가 되게 할 수도 있습니다. 그것을 결정하는 것은 오직 하나, 어디로 갈지를 아느냐 모르느냐의 차이입니다. 그 방향을 선택할 수 있는 사람은 오직 자기 자신입니다. 자신을 성찰하며 꿈꾸고 선택하는 힘, 이것은 인간에게만 주어진 선물입니다. 그 힘이 있기에 우리는 완성을 꿈꾸고, 완성을 향해 나아갈 수 있습니다.

매일 당신의 마음을 찾아라

과거에 집착한다는 것은 계속 과거의 정보대로 산다는 것입니다. 우리는 매일 새로 태어나야 합니다. 매일 물리적, 정신적, 영적 환경에서 나오는 온갖 그을음과 먼지를 뒤집어쓰며 살아가기에 끊임없이 자기를 바라보고 정화하는 시간을 가져야 합니다. 매 순간 새로운 환경을 맞는 만큼 우리 마음도 매 순간 새롭게 찾아야 합니다.

운을 내 편으로 만드는 법

운이 내 편이 되길 원한다면 정직하고 성실하게 책임을 다하기 위해 노력하세요. 목표와 뜻을 놓지 않고 끝까지 집중하면 하늘은 스스로 돕는 자를 돕습니다. 누가 보아도 진실하게 최선을 다하는 사람은 하늘이 돕기 전에 주위 사람들이 먼저 돕습니다. 그렇게 살면 운이 좋아질 수밖에 없습니다.

창조성은 뜻에서 나온다

창조성은 자신이 진정으로 원하는 것이 무엇인지 알고, 그것을 실현하고자 하는 강력한 의지가 있을 때 발현됩니다. 얼마만큼 창조력을 발휘할 수 있는지는 자기 뜻과 의지가 얼마나 크고 강한지에 달려 있습니다. 그러니 일이 잘 풀리지 않을 때는 '방법'만 가지고 고민할 게 아니라, 마음을 들여다보며 내 안에 '뜻'과 '의지'가 있는지를 살펴야 합니다. 우리 뇌는 의지만 강하면 어떻게 해서라도 방법을 찾아냅니다. 그 과정에서 잠재된 창조성이 발휘됩니다.

양심의 목소리를 따르라

양심은 내 안에 원래부터 주어진 순수하고 밝은 빛입니다. 우리는 양심의 소리를 무시할 수 있을지는 몰라도 그 존재 자체를 부정할 수는 없습니다. 양심은 모든 사람의 본성에 깊이 뿌리박고 있기 때문입니다. 양심의 목소리는 단순하고 직설적입니다. 그래서 양심을 따르는 데는 복잡한 논리나 설명이 필요하지 않습니다. 복잡한 논리와 장황한 설명은 양심을 따르지 않는 선택을 정당화하고 합리화할 때 등장합니다. 양심을 외면한 채 내적인 충족감과 평화를 누리는 삶은 불가능합니다. 양심은 우리 안의 절대적인 진실함을 대변하는 참나의 목소리이기 때문입니다.

종을 쳐야 소리가 난다

우리 앞에 조그마한 종과 종을 치는 채가 있다고 해봅시다. 종이라는 것을 알아차리는 것은 깨달음입니다. 그러나 그 깨달음 자체로는 아무것도 변화시키지 않습니다. 십 년, 백 년이 흘러도 채를 들어 종을 치지 않으면 종은 소리를 내지 않는 그저 쇳덩어리에 불과합니다. 중요한 것은 채를 들어 종을 치는 것입니다. 종은 쳐야 소리가 납니다. 그때 새로운 창조가 일어납니다. 아무리 많은 각성과 깨달음이 있다 해도 그것을 행동으로 옮기지 않으면, 삶에 아무런 변화도 창조도 일어나지 않습니다.

자기만의 리듬을 표현하라

자기 자신과 온전히 하나 된 합일감을 느끼는 상태에서는 생명 에너지가 고유한 리듬으로 활짝 피어납니다. 그 생명의 리듬을 억누르거나 분별하지 않고 있는 그대로 드러낼 때 창조가 일어납니다. 자신에게 깊이 몰입해서 자기만의 리듬을 찾아보세요. 그 리듬을 춤으로, 노래로, 말로, 글로, 몸짓으로 다양하게 표현해 보세요. 자기만의 리듬을 찾지 않고 다른 사람을 흉내 내기만 하면, 정교한 복사는 할 수 있을지 몰라도 진정한 창조는 할 수 없습니다. 자기만의 리듬으로 자기 삶을 창조할 때, 인생은 예술이 됩니다.

무無에서 창조하라

내가 알고 있는 나, 내가 경험한 나에 갇혀 있을 때 우리의 사고는 제한적이고 경직될 수밖에 없습니다. 그러나 무한한 우주의 에너지와 연결하면 우리의 생각도 기존의 한계와 틀에서 벗어나 유연하고 자유로워집니다. 우주의 에너지와 연결하려면 마음을 열고 내 생각과 관념, 감정을 비우는 것이 중요합니다. 나의 에고를 비운 그 자리에 광활하고 무한한 생명 에너지가 들어찹니다. 잡념과 감정이 사라지고, 나라는 생각조차 잊을 만큼 완전히 몰두한 무아無我의 상태에서 뇌에 잠재된 창조성이 발현됩니다. 무에서 진정한 창조가 일어납니다.

영감을 얻으려면
진실해져라

일상이 새롭고 창의적인 느낌으로 가득하기를 바란다면, 영감을 얻고 싶다면 진실하고 순수한 마음으로 자신과 교류하고, 주변과도 교류할 수 있어야 합니다. 이러한 마음은 노력해서 얻는 것이 아닙니다. 우리 마음속에는 원래부터 진실함과 순수함이 내재해 있기 때문에 그저 꺼내 쓰면 됩니다. 진실하고 순수한 본래의 마음으로 세상과 사람들을 대할 때, 무한한 가능성이 영감으로 나타납니다.

원래 게으른 사람은 없다

"나는 천성이 게을러요."라는 말을 믿지 않습니다. 본래 타고난 성품이 게으르다는 것은 거짓입니다. 목숨이 왔다 갔다 하는 매우 위급한 상황에서 게으름을 피울 사람은 없습니다. "나는 원래 그래요."라는 말은 당신의 잠재력을 가로막는 핑계일 뿐입니다. "나는 원래 소심해요." "나는 원래 끈기가 없어요." "나는 원래 못해요." 같은 말들은 진실이 아닙니다. 절박한 상황이나 진정으로 원하는 목표 앞에서는 누구나 변할 수 있습니다. 당신이 원래부터 가진 것은 내면의 무한한 가능성뿐입니다.

바다가 전하는 말

노을이 곱게 물든 해변에 서서 아득한 수평선을 바라봅니다. 일렁이는 파도를 하염없이 바라봅니다. 서서히 태양을 삼키던 바다가 나를 향해 말합니다. "세상과 인연의 희로애락에 애달파 마라. 바다에 이는 파도에 휩쓸리지 마라. 파도를 일렁이게 하는 바람에 흔들리지 마라. 그대, 파도의 주인이 되고 바람의 주인이 되어라. 어떤 이는 파도가 무서워 피하지만, 어떤 이는 서핑을 위해 파도를 기다린다. 어떤 상황에서도 균형을 잡을 수 있는 그대의 마음 위에 올라타 파도치는 인생의 바다에 담대하게 뛰어들라."

마지막 순간에
후회 없는 삶

누구나 때가 되면 이 세상을 떠나야 합니다. 이는 모든 생명에게 주어진 운명일 뿐 두려워할 일이 아닙니다. 중요한 것은 언젠가 자연으로 돌아가는 그 순간에 후회가 없도록 살아가는 것입니다. 삶의 마지막 순간에 회한으로 고통스럽다면 그것만큼 두려운 일은 없을 것입니다. 어떻게 살아야 그 순간에 "나는 후회 없이 살았노라"라고 당당하게 말할 수 있을지 스스로에게 묻고, 지금 그 삶을 살아가세요.

있는 그대로 바라보기

우리는 늘 크고 작음, 있고 없음, 많고 적음을 구분합니다. 아름다운 것과 추한 것을, 어둠과 밝음을 구분하느라 바쁩니다. 그러나 인간의 감각은 완전하지 않습니다. 많다고 하는 것도 상대적이라 무엇을 기준에 두느냐에 따라 달라집니다. 우리가 선하다고 믿는 것조차 다른 관점에서는 악으로 보일 수 있습니다. 우리의 감각이 한계를 넘어서면 더이상 구분할 수 없습니다. 너무 크거나 너무 작은 것은 볼수도, 들을 수도 없습니다. 가끔은 무엇인가를 비교하고 구분하려는 충동을 내려놓고, 그저 있는 그대로를 바라보세요. 판단하지 말고, 그저 보고 느끼는 것에 집중해 보세요. 비교와 구분, 계산을 내려놓았을 때 찾아오는 마음의 평화를 경험해 보세요.

두려움을 느낄 때

아주 극심한 두려움을 느낄 때는 두려움을 인식할 여유조차 없습니다. 두렵다는 말조차 나오지 않습니다. 그러나 지금 당신이 두려움을 느낀다면, 그 두려움을 이겨낼 힘 또한 충분히 가지고 있다는 뜻입니다. 그 두려움을 넘어 앞으로 나아갈 것인지, 아니면 거기서 멈출 것인지는 결국 당신의 선택에 달려 있습니다. 우리는 두려움 앞에서도 선택할 힘이 있다는 사실을 기억하세요.

대의를 품을 때

사람이 대의大義를 품고 그 뜻을 이루기 위해 모든 것을 걸고 헌신할 때, 하늘이 감동하여 장애를 뚫고 나갈 밝은 지혜를 내려줍니다. 땅이 감동하여 함께 일을 도모할 귀한 인연을 맺어줍니다.

심심함과 외로움도 즐겨라

심심하고 외롭다고 느낄 때, 우리의 에너지는 쉽게 떨어집니다. 육체만 생각한다면 할 일이 없을 때는 심심하고, 혼자 있을 때는 외롭습니다. 우리는 항상 무언가를 해야 하고, 누군가가 곁에 있어야 마음이 놓입니다. 그러나 자신의 영혼을 자각한 사람은 혼자 있는 시간과 외로움도 즐길 수 있습니다. 자연과 교류하거나 운동이나 명상을 하며 자기 몸과 놉니다. 때로는 역동적인 움직임 속에서 살아 있음을 느끼고, 때로는 고요한 정적 속에서 사색하며 자신의 내면을 탐색합니다. 자신의 영혼과 소통하는 사람은 심심함이나 외로움 때문에 힘들거나 괴롭지 않습니다. 오히려 그 시간을 즐기며 창조적으로 활용합니다.

자연의 에너지는
그냥 받는 것

자연이 인간에게 주는 에너지는 내가 잘 나서 받는 것이 아
니라 그냥 받는 것입니다. 감사한 마음으로 받으면 됩니다.
태양이 세상을 그냥 비추고, 세상이 태양을 그냥 받듯이 그
렇게 주고받으면 됩니다. 여기에 어떤 조건도 필요하지 않
습니다. 남들보다 더 빨리, 더 많이 받기 위해 경쟁하거나
애쓸 필요가 없습니다. 낮과 밤이 경쟁하지 않듯이, 바람과
물이 서로 다투지 않듯이 자연이 주는 에너지를 얻기 위해
경쟁할 이유는 없습니다. 자연의 에너지는 누구에게나 무
한하게 주어지기에 우리는 그냥 받으면 됩니다.

나를 둘러싼 환경

주어진 환경을 어떻게 활용하느냐에 따라서 인생이 달라집니다. 물리적 환경뿐만 아니라 인간관계, 내 몸과 마음의 상태도 나의 환경입니다. 고통스러운 상황이나 질병도 하나의 환경입니다. 어떤 환경에 처해 있든 그 환경으로부터 배우고 환경을 활용하겠다고 마음먹으면, 아무리 나쁜 환경도 성장의 발판이 될 수 있습니다. 마음이 살아 있으면 어떤 환경에서도 휘둘리지 않고 그 환경을 무대로 삼아 자신의 삶을 예술로 만들 수 있습니다. 한편, 나 자신도 환경이라는 사실을 이해하는 것이 중요합니다. 나는 내 삶의 환경이자, 주위 사람들의 환경이기도 합니다. 그래서 내가 나와 주위 사람들에게 좋은 환경이 되도록 노력해야 합니다.

영점의 자리

삶의 어느 순간에 맑고 고요한 의식 상태를 경험한 적이 있습니까? 호흡이나 명상을 통해 그런 순간을 만난 이들도 있을 것입니다. 신기루처럼 아주 짧은 순간에 느끼는 맑고 고요한 상태가 사실은 우리의 본래 모습입니다. 어느 것에도 치우치지 않은 영점의 상태가 생명의 참모습입니다. 의식의 영점 상태에서 멀어지면 우리가 마주하는 것은 감정뿐입니다. 우리는 그 감정을 자기라고 착각하며 살아가지만, 감정에 빠지면 본래의 자신을 잃게 됩니다. 감정이라는 현상은 시간과 공간 속에 갇혀 있습니다. 하지만 맑고 고요한 의식에는 과거도 미래도 없습니다. 시간의 개념으로 잴 수 없는 찰나만 있을 뿐입니다. 좋은 감정이든 나쁜 감정이든, 모든 감정은 자유롭지 못합니다. 무엇 때문에 기쁘고, 누구 때문에 슬프고, 항상 무엇인가와 결부되기 때문입니다. 오직 맑고 평화로운 의식 상태에 이르렀을 때만 진정으로 자유로울 수 있습니다. 누구 때문이나 무엇 때문이 아니라 그저 존재 자체로 충분하고 만족한 상태이기 때문입니다. 그 의식의 자리에서 쉬고, 호흡하며 평안을 느껴보세요.

목표가 없으면
수단이 목표가 된다

목표가 없는 사람에게 수단은 종종 목표 자체가 되어버립니다. 그러면 그 수단을 추구하는 과정에서 자신도 모르게 수단의 노예가 되기도 합니다. 목표 없이 수단에만 매달리면 외부의 요구나 상황에 끌려다니기 쉽고, 자유롭고 주체적인 삶을 살기 어렵습니다. 목표가 명확한 사람은 자신의 의지와 가치에 따라 선택하고 행동할 수 있습니다. 그들은 자기 삶을 주도하며, 목표를 실현하는 도구로 수단을 활용합니다. 삶의 목표를 갖는 것은 인생을 자기 것으로 만드는 첫걸음이자, 수단이 목표가 되지 않도록 막아주는 중요한 원칙입니다.

내 영혼이 원하는 것

어려운 선택의 순간, 누구나 고민을 많이 합니다. 어떤 때는 이성적인 분석과 생각을 따르고, 어떤 때는 감정이나 욕망이 원하는 대로 결정을 내리기도 합니다. 또 때때로 다른 사람의 의견에 휩쓸리기도 합니다. 자칫하면 그 순간에 가장 강력하게 작용하는 에너지에 끌려가기 쉬운데, 그러다 보면 삶의 일관성이 흔들려 혼란에 빠지기도 합니다. 어려운 선택일수록 자신만의 확고한 중심을 잡는 것이 중요합니다. 생각이나 감정, 욕망이 아닌 영혼이 삶의 중심에 자리해야 합니다. 영혼이 삶의 중심을 잡고 있을 때 생각과 감정, 욕망도 그 중심에 맞춰 조화를 이룹니다. 설령 그것들이 다른 방향으로 나아가려 해도 중심이 강하면 그 흐름을 제어할 수 있습니다. 무엇을 선택해야 할지 혼란스러울 때, 가장 먼저 해야 할 일은 내 영혼이 원하는 것이 무엇인지 파악하는 것입니다. 영혼이 원하는 것을 선택의 기준으로 삼으면 나중에 후회할 일을 줄일 수 있습니다.

명상이 뇌에 좋은 이유

우리가 긴장하면 목소리가 떨리거나 약해지지만, 편안하게 이완되었을 때는 힘 있고 듣기 좋은 목소리가 나옵니다. 뇌도 마찬가지입니다. 스트레스를 받으면 뇌파가 불안정해지고, 온갖 부정적인 생각이 떠오릅니다. 명상이 뇌에 좋은 이유는 우리 뇌의 습관적인 정보처리 패턴을 조용히 가라앉히기 때문입니다. 명상을 하면 '해봐야 소용없어', '나는 이미 글렀어' 같은 뇌의 목소리가 잦아들기 시작합니다. 명상은 부정적인 뇌 회로의 영향에서 벗어나 의식을 중립 상태로 되돌려 놓습니다. 이 상태에서 기존의 부정적인 정보처리 방식 대신, 자신이 원하는 새로운 방식을 선택할 수 있습니다. 그때 뇌는 "다시 해보자", "나는 할 수 있어" 같은 긍정적인 메시지를 스스로에게 전달합니다. 이것이 명상의 힘입니다.

선택한다는 것은
살아 있다는 증거

선택한다는 것은 살아 있다는 증거입니다. 우리가 사소한 생각 하나하나를 선택하고 이를 행동으로 옮길 때마다 사실 우리의 운명이 만들어지고 있습니다. 우리의 삶은 수많은 선택으로 가득 차 있습니다. 크고 중요한 선택만 가치 있는 것이 아닙니다. 작은 선택 하나하나가 나의 운명은 물론 가족의 운명, 내가 속한 사회와 지구까지도 영향을 미칩니다. 선택할 수 있다는 것 자체가 엄청난 힘입니다. 삶의 모든 순간에 어떤 선택을 하느냐에 따라 우리는 자기 자신뿐만 아니라 세상에도 큰 변화를 일으킬 수 있습니다. 선택이 필요한 순간에 아무것도 선택하지 않는 것 역시 하나의 선택입니다. 하지만 선택을 계속 미루는 것은 자기 삶과 주위를 긍정적으로 변화시킬 소중한 기회를 놓치는 것과 같습니다.

장애가 많다는 생각이
가장 큰 장애다

어떤 일을 할 때 생각보다 속도나 결과가 나오지 않는 이유는 장애가 있기 때문입니다. 그런데 가장 큰 장애는 '장애가 많다'는 생각 자체입니다. 이 생각에 갇히면 행동하지 못하고 일이 안 되는 이유만 찾는 뇌로 변하게 됩니다. 그냥 하는 습관을 들이세요. 하나의 작은 행동이 다음 행동으로 이어지고, 그 과정에서 방법이 보이고 길이 열립니다. 행동을 미루면 아무런 발전도 없습니다. 일단 지금 할 수 있는 것부터 시작해 보세요. 행동해야 우리 안의 창조성이 깨어나고, 주위 환경이나 사람들의 도움을 받을 수 있습니다. '장애가 많다'는 착각에서 벗어나세요. 바로 행동하세요. 지금 무엇을 할 것인가? 그것이 가장 중요합니다.

인생을 대하는 태도

우리는 흔히 생명을 자신의 것으로 생각하지만, 사실 생명은 우리에게 잠시 주어진 것입니다. 언제 끝날지 알 수 없습니다. 우주의 거대한 관점에서 보면 우리는 반딧불처럼 아주 잠깐 빛났다가 사라집니다. 그러니 삶을 너무 무겁게 생각하지 마세요. 무거워질수록 몸과 마음이 가라앉습니다. 가벼워지세요. 가벼워지려면 힘을 빼야 합니다. 수영할 때 힘을 빼야 물에 뜨듯 인생에서도 불필요한 힘을 빼야 자신과 주변을 둘러볼 여유가 생깁니다. 힘을 뺀다는 것은 과도한 걱정과 긴장, 고민에서 벗어나 가볍고 열린 마음으로 살아가는 것입니다. 당신의 마음을 짓누르는 것이 있다면 내려놓고, 지금 이 순간에 집중하세요. 과거에 얽매이지 말고, 미래를 두려워하지 마세요. 지금 내가 할 수 있는 일에만 집중하고 바로 행동하세요. 인생은 그렇게 심각하지 않습니다. 우리는 얼마든지 가볍고 즐겁게 살아갈 수 있습니다.

스스로를 응원하라

부족한 지금의 나를 인정하고 사랑하면 인생이 제자리걸음을 할지도 모른다는 두려움을 버리세요. 어떤 조건이 갖춰져야만 나를 인정하고 사랑할 수 있다는 생각이 오히려 성장을 방해합니다. 마음에 들지 않는 하루라도, 그날 잘했던 일이나 새로 배운 것을 찾아 자신을 칭찬해 보세요. 아이가 처음 말을 떼고 걸음마를 시작할 때, 더듬거리거나 넘어져도 우리는 박수를 보내줍니다. 스스로에게도 그런 사랑과 응원을 아낌없이 베풀어 주세요.

실패는 없다

'안 되는 것은 없습니다. 될 때까지 하면 됩니다. 실패는 없습니다. 실패도 성장의 과정일 뿐입니다.' 이러한 신념이 우리 내면에 단단하게 자리 잡고 있다면 무엇이든 됩니다. 결국에는 됩니다. 모든 일은 그냥 되는 게 아니라, 우리가 '선택'했기 때문에 일어나는 것입니다. 우리는 지금 차근차근 성장의 과정을 밟아가는 중입니다.

의식을 확장하라

바다에 잉크 한 방울을 떨어뜨렸다고 상상해 보세요. 그 한 방울이 바닷물을 바꾸지는 못합니다. 바다는 여전히 수많은 생명을 품고 넘실거릴 뿐입니다. 그러나 작은 컵에 잉크 한 방울을 떨어뜨리면 어떻게 될까요? 물은 금방 잉크색으로 변할 것입니다. 의식이 큰 사람은 외부의 자극이나 환경 변화에 쉽게 흔들리지 않고, 담담하고 의연하게 자신의 삶을 헤쳐 나갑니다. 하지만 의식이 작은 사람은 작은 실패와 시련에도 쉽게 흔들리고 위축됩니다. 우리의 육체는 시간과 공간 속에 머물러 있지만 의식은 자유로워 한없이 크게 확장할 수 있습니다. 의식이 확장되면 감정이나 고민을 담담하게 바라보며 문제의 해결책을 찾을 여유가 생깁니다. 그 여유 속에서 우리는 파도치는 인생의 바다를 용감하게 항해할 수 있습니다.

감정에서 자유로운 사람

감정에서 자유롭다는 것은 감정이 사라진다는 뜻이 아닙니다. 누구나 슬프거나 외롭고, 화가 날 때가 있습니다. 하지만 감정에서 자유로운 사람은 그 감정에 빠지지 않습니다. 생명이 있고 뇌가 있는 한 감정은 수없이 일어났다 사라집니다. 중요한 것은 '그 감정을 어떻게 조절하느냐'입니다. 감정은 없애는 것이 아니라 조절하는 것입니다. 이왕이면 절망이나 불안, 분노보다는 기쁨이나 열정, 평화 속에 더 오래 머물기를 바랍니다. 감정을 어떻게 다루느냐에 따라 인생은 완전히 달라질 수 있습니다.

피해의식에서 벗어나는 법

자신을 영원한 피해자의 위치에 두지 마세요. '누구 때문에, 무엇 때문에'라는 생각에 갇히면 균형 잡힌 판단이 어렵습니다. 자칫하면 부정적이고 편향된 시각으로 자신과 타인, 인생 전체를 재단하기 쉽습니다. '내가 당신 때문에 이렇게 됐어'라는 생각을 '내 인생은 내가 책임진다'로 바꾸세요. 어떤 이유도 달지 말고 무조건 그렇게 하세요. 당신 마음속의 가해자에게 힘을 실어주지 마세요. 그 누구도 내 삶을 파괴할 수 없다, 내 인생은 내가 책임진다는 마음을 가져야 피해의식에서 벗어날 수 있습니다.

장애에 집중하지 마라

장애를 극복하려면 장애에 집중하기보다는 장애를 극복했을 때 만날 희망을 보아야 합니다. 이 장애를 걷어내면 좋은 일이 기다린다는 희망이 있을 때, 과정은 힘들지라도 의미 있는 도전이 됩니다. 많은 경우 직접 부딪혀 보면 집채만 하게 보였던 장애가 실은 별것 아니었다는 것을 알게 됩니다. 장애를 두려워하면 극복하기 어려워집니다. 장애에도 에너지와 감각이 있습니다. 내가 모든 것을 걸고 달려들면 장애가 나를 피합니다. 그러나 두려움에 움츠리면 장애가 오히려 더 큰 기세로 나를 덮칩니다.

수행을 하는 이유

우리가 몸과 마음을 수행하는 이유는 영혼을 맑게 하기 위함입니다. 영혼이 흐려지면 생각과 감정, 에고에 가려 상황을 제대로 볼 수 없습니다. 이 상태를 오래 두면 나중에는 선택과 판단의 기준이 에고에 좌우되며 영혼이 무뎌지게 됩니다. 몸과 마음을 닦음으로써 영혼의 감각을 깨우고 주변도 밝게 비출 수 있습니다. 어떤 상황에서든 우리는 자신과 주위에 힘을 주는 사람이 될 수도 있고, 힘을 빼는 사람이 될 수도 있습니다. 마음을 모으는 사람이 될 수도 있고, 모든 것을 갈라놓는 사람이 될 수도 있습니다. 수행을 통해 영혼이 맑은 사람은 좋은 선택을 할 수 있습니다. 스스로를 과거의 정보와 피해의식에서 구하고 자신을 해방할 수 있습니다.

내가 나를 새롭게 낳는다

매일 아침, 오늘은 내가 나를 새롭게 낳는다는 마음으로 하루를 시작해 보세요. 부모님은 우리를 이 지구에 초대하고 가장 먼저 생명을 주신 분입니다. 우리의 육체는 이 세상에 한 번 태어나지만, 정신은 하루에도 여러 번 다시 태어날 수 있습니다. 매일 아침 스스로를 사랑하고, 보살피며, 새롭게 디자인하겠다는 마음으로 자신을 향한 열정과 의지와 희망을 품어보세요. 빛나는 정신과 의식으로 우리는 매일 나를 새롭게 낳을 수 있습니다. 매일 새로운 나를 창조할 수 있습니다.

마음의 핸들을 놓지 마라

참나를 만났다고 두려움이 사라지는 것은 아닙니다. 두려움, 외로움, 분노 같은 감정도 다 있습니다. 그런데 깊은 절망과 좌절감 속에서도 그 감정을 지켜보고 있는 관찰자 의식이 함께합니다. 그 의식을 자각하는 시간이 늘어날수록 우리는 감정에 끌려다니지 않고 감정을 활용하며 살아갈 수 있습니다. 자신의 감정을 제대로 보지 못하고 그 안에 빠져버리면 끝없는 감정의 소용돌이에 휩쓸리게 됩니다. 자동차를 운전할 때 핸들을 잘 잡아야 원하는 방향으로 갈 수 있습니다. 그 핸들이 우리의 마음이고 관찰자 의식입니다. 마음을 잘 잡고 있을 때는 어떠한 감정이나 정보가 들어와도 쉽게 휘둘리지 않지만, 마음을 놓치면 감정에 끌려다닐 수밖에 없습니다. 핸들을 꽉 쥐고 있어야 오르막길이나 내리막길도 안전하게 운전할 수 있습니다. 어떤 상황에서도 마음의 핸들을 놓지 마세요.

누구나 영적인
외로움을 느낀다

우리가 가진 사랑은 가까운 몇몇 사람만을 위해 쓰기에는
너무나 큽니다. 자연은 우리에게 그렇게 크고 넓은 가슴을
주었습니다. 사랑하는 사람들이 곁에 있어도 인간은 여전
히 외롭습니다. 누구나 그렇습니다. 왜냐하면 자연이 우리
에게 준 가슴이 너무 크기 때문입니다. 그 안에 담긴 사랑
이 한없이 넓기 때문에 우리는 더 큰 사랑을 갈구하고 그것
이 채워지지 않으면 외로움을 느낍니다. 이 외로움은 단순
한 감정이 아니라 영적인 외로움입니다. 자연은 우리에게
인류를 사랑하고 모든 생명을 사랑할 수 있는 가슴을 주었
습니다. 사랑이 확산하지 않으면 우리는 답답함을 느낄 수
밖에 없습니다. 돈과 명예, 연인이나 가족의 사랑만으로는
채워지지 않는 심장을 우리는 자연으로부터 받았습니다.

똑같다는 것은 착각이다

늘 같은 일을 반복하고 같은 사람을 만나는 사람들은 '지금'이 무슨 의미냐고 물을지도 모릅니다. 그러나 '똑같다'는 것은 착각입니다. 우리는 어떤 것도 두 번 이상 똑같이 반복할 수 없습니다. 우리에게는 언제나 처음만 있습니다. 어제는 이미 지나갔습니다. 우리는 늘 다른 곳에 있고, 다른 일을 하며, 다른 사람을 만납니다. 그제도 어제도 만난, 수천 번도 더 본 가까운 가족도 지금 이 순간 마음이 깨어나면 완전히 새롭게 만날 수 있습니다. 지금까지 평생을 함께해온 나 자신도, 지금 이 순간 마음이 깨어나면 완전히 새롭게 태어날 수 있습니다.

나로 사는 것

한 송이의 아름다운 꽃을 상상해 보세요. 화사하게 핀 장미도, 겨울 추위를 이기고 막 꽃망울을 터트린 수선화도, 들길에서 핀 소담한 민들레도 좋습니다. 그 꽃잎의 고운 빛깔은 도대체 어디에서 온 것일까요? 이제 시선을 돌려 당신의 생명을 느껴봅니다. 꽃을 바라보며 생명의 의미를 묻는 당신은 누구입니까? 당신의 생명과 그 꽃의 생명은 서로 다른 곳에서 왔을까요, 아니면 같은 곳에서 왔을까요? 우리는 언제 어디서 이 생명이 우리에게 왔는지 기억하지 못합니다. 생명은 조용히 우리에게 찾아왔고, 때가 되면 조용히 떠날 것입니다. 꽃이 피고 지듯이 우리의 생명도 언젠가는 온 곳으로 돌아갑니다. 생명의 관점에서 보면 꽃이 온 곳과 우리가 온 곳은 다르지 않습니다. 꽃도 우리도 거대한 우주의 생명 에너지가 빚어낸 하나의 작품입니다. 우리가 할 일은 우주의 작품인 자신의 생명을 마음껏 꽃피우는 것입니다. 장미는 장미로, 수선화는 수선화로, 민들레는 민들레로 살아가듯 나는 나로서 살아가는 것입니다.

선택하면 이루어진다

뇌를 활용하는 중요한 비밀 중 하나는 선택입니다. 마음먹고 선택하면, 그 선택을 실현할 가능성이 열립니다. 물론 마음먹는다고 모든 것이 저절로 이루어지는 것은 아니지만, 선택이 성공의 첫걸음임은 틀림없습니다. 우리 뇌는 진심으로 선택하면 그것을 이루기 위해 작동합니다. 때로는 그 선택을 실현할 방법이 세상에 없더라도 뇌는 스스로 그 방법을 발명해 냅니다. 포기하지 않고 노력한다면 언젠가는 목표에 가까워질 것입니다. 참나로 살겠다는 당신의 선택은 여전히 유효합니까? 그 선택이 지금도 당신의 가슴 속에서 살아 숨 쉬고 있습니까?

자기 대면

영적인 성장을 가로막는 가장 큰 장애는 우리 안에 있습니다. 스스로 정한 한계와 피해의식, 에고의 속삭임에 넘어가지 마세요. 참된 자신과의 만남은 결코 외부에서 일어나지 않습니다. 내면을 있는 그대로 바라보고 성찰할 때 비로소 장애를 극복하고, 앞으로 나아갈 힘과 지혜를 얻을 수 있습니다. 정직한 자기 대면, 그것이 영적인 수행의 핵심입니다.

바다를 알려면
바다로 들어가라

산에 올라야 산을 알 수 있고, 바다에 들어가야 바다를 알 수 있습니다. 사랑이 뭔지 알고 싶다면 용기 내서 사랑을 해보고, 명상이 궁금하다면 지금 바로 명상을 해보세요. 체험 없이 분석만 해서는 그 어떤 것도 제대로 알 수 없습니다.

말보다 중요한 것

말을 할 때는 내용도 중요하지만, 어떤 마음과 에너지를 싣느냐가 더 중요합니다. 때로는 사랑한다는 말도 상대방의 마음을 후벼 파는 비수가 될 수 있고, 밉다는 말도 살가운 애정 표현이 될 수 있습니다. 말에 온기가 느껴지도록 정성스러운 마음을 실어보세요.

일이 명상이 되는 순간

가끔은 내가 일을 하고 있는지조차 잊을 만큼 완전히 일에 몰두할 때가 있습니다. 시간이 가는 줄도, 배가 고픈 줄도 모릅니다. 처음에는 어떤 목적을 가지고 집중했지만, 나중에는 그 목적마저 잊고 일 자체에만 빠져들 때가 있습니다. 잡다한 생각이나 감정이 사라지고, 무언가에 오롯이 집중한 그때가 사실은 아주 깊은 명상 상태입니다. 한 가지에 정말로 집중하다 보면, 생각이나 감정이 끊어지고 '나'라는 생각조차 사라진 무아의 상태가 됩니다. 사소한 일이라도 정성을 다해 몰두할 수 있다면, 그 일은 곧 명상이 됩니다.

스스로에게 진실하라

우리가 가장 진실해야 할 인간관계는 바로 자기 자신과의 관계입니다. 무엇보다 스스로에게 솔직하고 진실해야 합니다. 다른 누군가가 아닌 자신에게 진실한 벗이 되어주어야 합니다.

구름은 흘러간다

우리가 느끼는 여러 가지 어려움과 감정은 구름과 같아서 시간이 지나가면 변하고 흘러갑니다. 어차피 구름도 끼고 바람도 붑니다. 비도 내리고 눈도 옵니다. 그 속에서 나무가 자라고, 꽃은 피었다 지며 열매를 맺습니다. 우리의 삶도 그러합니다. 이러한 이치를 알지 못하면 흘러갈 구름을 붙잡으려 애쓰며, 결국 구름만 쫓아다니는 삶을 살게 됩니다.

죽는 순간에도 희망을

우주의 대생명력은 무한한 사랑으로 언제나 우리를 보살핍니다. 우리는 모두 그 사랑으로 태어났고, 그 사랑 덕분에 살아갑니다. 그 절대적인 사랑을 느낀다면 어떤 순간에도 희망을 품을 수 있습니다. 그 사랑이 녹이지 못하는 고통이나 절망은 없습니다. 그 사랑을 기억한다면 어떤 부정적인 의식도 던져버릴 수 있습니다. 그 사랑이 있기에 우리는 죽는 순간에도 희망을 품을 수 있습니다. 그 사랑의 품으로 돌아간다는 희망을 품을 수 있습니다.

자기 가치를 아는 사람

자기가 가진 것이 금이라는 확신이 있는 사람은 누군가가 "그거 구리 아니요?"라고 해도 "이게 진짜 구리로 보이세요?" 하고 웃어넘길 수 있습니다. 하지만 자신이 가진 것이 금이라는 확신이 없는 사람은 그 말에 갑자기 의심이 들고 마음이 흔들립니다. 그 마음을 숨기기 위해 불같이 화를 내기도 합니다. 자신의 가치를 아는 사람은 누가 뭐라고 해도 상처받거나 흔들리지 않고 담담하게 자신의 길을 갈 수 있습니다. 자신의 가치를 헐값에 넘기지 말고, 당신 안에 진짜 순금이 있음을 기억하세요.

나를 위한 노래

자신의 느낌을 리듬감 있는 소리로 표현하면 노래가 됩니다. 편안한 상태에서 자신의 느낌에만 집중해서 노래를 불러보세요. 가사나 음정, 박자가 틀려도 좋습니다. 생각을 내려놓고 오롯이 자신의 목소리에 집중해 보세요. 남에게 들려주기 위한 노래가 아니라 자신을 위해 부르는 노래입니다. 그 누구도 의식하지 말고 가슴 속의 느낌에 집중해 그것을 있는 그대로 표현하면, 자연스럽고 아름다운 소리가 나옵니다. 그 노래는 상처를 어루만지는 훌륭한 도구가 되기도 하고, 나를 만나는 최고의 명상이 되기도 합니다.

선악이 아닌 양심을 따라라

자연의 빛이나 소리는 선악을 구별하지 않습니다. 그저 생명이 있는 모든 것에 빛을 비추고, 소리를 들려줄 뿐입니다. 자연에는 원래 선악의 구별이 없습니다. 선과 악은 인간의 관념과 이기심이 만들어낸 환상입니다. 세상에 절대악이나 절대 선은 존재하지 않습니다. 세상의 잣대로 선과악을 따지기보다 참나의 목소리에 귀 기울여 양심이 시키는 대로 행동하세요.

참나를 만나는 방법

참나는 시작도 끝도 없는 영원한 생명의 흐름입니다. 무한한 창조의 가능성으로 진동하는 텅 빈 허공입니다. 한계도 형체도 없는 광대한 의식입니다. 이 의식은 모든 것을 만들어내고 모든 것을 받아들일 수 있습니다. 우리는 명상을 통해 생명의 흐름, 텅 빈 허공, 광대한 의식을 경험할 수 있습니다. 단지 이해하는 것이 아니라 온몸으로 느낄 수 있습니다. 명상은 참나를 만나는 가장 직접적인 방법입니다.

에고를 내려놓을 수
있으려면

목적과 목표가 분명할 때 우리는 에고도 내려놓을 수 있습니다. 내가 이 일을 해야 하는 이유가 영혼이 납득할 정도로 명확하고, 목표를 이루고자 하는 열망이 뼛속까지 깊이 박히면 우리는 에고를 내려놓을 수 있습니다. 목적과 목표가 너무나 명확하기 때문에 모든 것을 그 중심에 맞추고, 그것을 이루는 데 방해가 되는 에고를 기꺼이 내려놓을 수 있습니다. 하지만 목적이 불확실할 때는 에고가 들고 일어나 온갖 분별과 자만심, 피해의식, 걱정과 두려움의 먼지바람을 일으킵니다. 중요한 일을 할 때 목적과 목표가 무엇인지를 곱씹고 또 곱씹어야 하는 이유입니다.

자연을 제대로 만나려면

산에 가는 방법은 두 가지가 있습니다. 하나는 등산이고 다른 하나는 입산입니다. 등산은 산을 정복하는 것이지만 입산은 산의 품에 안기는 것입니다. 등산은 자연을 구경하는 것이지만 입산은 자연을 만나는 것입니다. 나의 마음과 자연의 마음이 만나려면 순수해져야 합니다. 보는 눈이 아니라 보이는 눈, 듣는 귀가 아니라 들리는 귀가 필요합니다. 우리는 자연을 만날 때도 우리의 관념을 가지고 갑니다. 그래서 늘 보던 대로 보고, 듣던 대로 들으려고 합니다. 그러면 자연을 제대로 만날 수 없고, 자연이 주는 영감을 받을 수도 없습니다. 자신의 관념을 내려놓고 보이는 눈으로, 들리는 귀로 있는 그대로의 자연을 느껴보세요. 자연을 구경하지 말고 만나보세요.

신성에 대한 확신을 가져라

삶에서 찾을 수 있는 가장 큰 보물은 우리 내부의 참된 '나'
가 우주의 신성神性과 하나임을 깨닫고, 그 신성의 물줄기에
자신을 활짝 열어놓는 것입니다. 신성은 모두에게 존재하
지만, 간절히 바라고 마음을 열어두느냐 그렇지 않느냐에
따라 나타나기도 하고 사라지기도 합니다. 삶에서 깊은 지
혜와 통찰을 얻기 위해서는 무엇보다도 우리 안의 신성이
우리를 안내하고 있다는 절대적인 확신이 필요합니다. 우
리 안에 무한한 창조력을 가진 신성이 있다는 것을 모르는
사람들은 희망을 잃은 채 힘없고 어두운 삶을 살아갑니다.
자기 안에 신성이 있음을 믿는 사람은 삶이 두렵지 않습니
다. 항상 자신이 보호받는다는 느낌 속에서 살아가기 때문
입니다. 자신 안에 신성의 무한한 평화가 존재한다는 사실
을 얼마나 깊이 깨닫느냐에 따라, 자신을 초조하고 화나게
했던 사소한 일들에 초연해지고, 마음이 쉽게 흔들리지 않
게 됩니다.

세 가지 향기

사람에게는 세 가지의 아름다운 향기가 납니다. 첫 번째는 소향笑香(미소의 향기)입니다. 미소는 나뿐만 아니라 다른 사람도 기분 좋게 만듭니다. 두 번째는 언향言香(말의 향기)입니다. 믿음, 희망, 용기를 주는 말로 나와 다른 사람들에게 힘을 줄 수 있습니다. 세 번째는 동향動香(행동의 향기)입니다. 생활 속의 크고 작은 여러 행동을 통해 주위에 좋은 기운을 전해줄 수 있습니다. 우리는 미소, 말, 행동으로 나와 다른 사람을 기쁘게 하고, 세상에 아름다운 사람의 향기를 퍼뜨릴 수 있습니다.

남을 탓하지 마라

행복한 삶을 원한다면 남을 탓하지 마세요. 다른 사람의 잘못이라고 생각하면 잠시 마음이 편할지는 모르나 자신의 인생에는 별 도움이 되지 않습니다. 책임이 자신에게 있다고 생각하면 문제를 극복하기 위해 스스로 변화를 만들어내지만, 남을 탓하면 그 순간 문제해결의 주도권이 남에게 넘어갑니다. 남 탓만 계속하면 인생이 뺄셈이 되다가, 나중에는 나눗셈이 되어 복이 계속 달아납니다. 반대로 다른 사람을 탓하는 대신 환경을 극복하기 위해 스스로 노력하는 사람의 인생은 덧셈이 되다가, 어느 순간에 곱셈으로 변해 행운이 그 사람에게로 다가옵니다. 어떤 상황에 처해 있든, 그 상황을 바꿀 수 있는 열쇠는 나에게 있다는 것을 믿고 새롭게 마음을 다잡아 보세요. 그래야 다음 단계로 나아갈 수 있습니다. 남을 탓하고 원망하고 살기엔 우리 인생이 너무 짧습니다.

개척자의 길

대부분의 사람들은 이미 만들어진 길을 따라갑니다. 하지만 개척자는 새로운 길을 만들어 갑니다. 개척자가 길을 걸어가면 없던 길이 만들어집니다. 그 길을 혼자 걸으면 작은 오솔길이 되지만, 많은 사람이 함께 걸으면 대로가 됩니다. 우리 뇌는 길이 없을 때 길을 만들어낼 수 있는 창조성이 있습니다. 누구나 있습니다. 길이 없으면 찾아야 하고, 찾아도 없으면 만들어야 합니다.

외로움의 근원

우리의 본성인 영혼은 우주의 본성인 신성과 하나 되기를 갈망합니다. 아이가 엄마를 그리워하듯, 우리의 영혼은 신성과 만나기를 애타게 고대합니다. 영혼이 외로움을 느끼는 이유는 바로 이 갈망 때문입니다. 영혼이 신성을 만나기 위해서는 어미 닭이 병아리를 기다리며 알을 품듯, 정성스러운 마음이 필요합니다. 순수하고 간절한 열망이 우리의 영혼을 신성으로 이끌어 줍니다. 신성은 사원에 가거나 경전을 읽고 무엇을 믿어야만 체험할 수 있는 것이 아닙니다. 신성은 이미 우리 내면에 밝게 빛나고 있습니다. 자기 내면의 밝음을 따라가다 보면 그 길에서 밝은 신성의 빛을 만날 수 있습니다. 영혼이 신성의 빛을 만날 때, 그간의 모든 외로움이 사라지고 오랜 영혼의 갈증이 마침내 해갈됩니다.

꿈꾸고 희망하라

꿈과 희망은 우리 내면에 잠재된 무한한 힘을 끌어내는 열쇠입니다. 더 자유롭고, 힘차고, 창조적인 삶을 원한다면 먼저 그런 삶을 꿈꾸고 희망해야 합니다. 더 평화롭고 아름다운 세상을 만들고 싶다면, 먼저 그런 세상을 꿈꾸고 희망해야 합니다. 꿈꾸는 것 자체가 이미 변화의 첫걸음이며, 희망은 그 꿈을 향해 나아가게 하는 힘이 되어줍니다. 꿈은 불가능해 보이는 것들을 가능하게 만들고, 희망은 그 꿈을 지속시켜 주는 연료가 되어줍니다. 더 나은 미래를 원한다면 진심으로 그것을 꿈꾸고 희망해야 합니다. 그리고 그 꿈을 현실로 만들기 위해 행동해야 합니다. 꿈꾸는 데는 누구의 허락도 필요하지 않습니다.

목표에 큰 가치를 부여하라

자신이 세운 목표는 누가 뭐래도 지구만큼의 가치를 지닌다고 믿어야 합니다. 자기 목표에 스스로 그렇게 큰 가치를 부여해야 합니다. 만약 자신의 목표가 별로 가치 없다거나, 오늘 세운 목표를 언제든 바꿀 수 있다고 여긴다면 그 목표는 이루어지기 어려울 것입니다.

삶은 순환하며 성장한다

때로 우리의 인생은 별다른 변화가 없는 지루한 반복처럼 느껴집니다. 어제와 다름없이 오늘 하루가 지나가는 것 같고, 늘 비슷한 고민과 갈등을 안고 살아가는 것 같습니다. 그런데 삶의 고점과 저점을 오가는 사이에 어느 순간, 훌쩍 성장해 있는 자신을 발견하기도 합니다. 그렇기 때문에 끊임없이 찾아오는 삶의 고통과 어려움에 직면해서도 우리는 희망을 품고 내일을 기다리며 앞으로 나아갈 수 있습니다. 우리의 삶은 끊임없이 들고 나고, 오르고 내리는 순환의 연속입니다. 하지만 단순한 되풀이가 아닌 성장과 완성을 향한 순환입니다.

죽음은 삶의 안내자

우리의 삶은 온통 불확실한 것투성이입니다. 언제 어떤 일이 일어날지 아무도 모릅니다. 하지만 한 가지 확실한 것이 있습니다. 우리는 모두 언젠가는 죽는다는 사실입니다. 죽음에 대해 진지하게 성찰할 때, 우리는 삶의 두려움에서 벗어날 수 있습니다. 부족하다는 생각, 채워야 한다는 강박, 잃을지도 모른다는 불안, 도전하지 못하는 두려움, 남들의 눈치를 보는 소심함 등은 모두 삶이 유한하다는 것을 알지 못하기 때문에 생기는 것입니다. 죽음을 인식하면 살아갈 용기를 얻을 수 있습니다. 낡은 방식을 버리고 자신이 진정으로 원하는 것을 향해 자유롭게 도전할 수 있습니다. 그래서 죽음은 삶을 위한 좋은 안내자입니다.

자기 선언

자기 선언은 내가 누구인지, 어떻게 되고 싶은지를 스스로에게 약속하는 것입니다. 나의 뇌에 원하는 바를 명확히 전달하고 싶다면, 가슴을 활짝 열고 두 팔을 들어 큰 소리로 외쳐보세요. "나는 나를 사랑한다!" "나는 할 수 있다!" 자기 선언을 반복하는 사이에 내 이미지가 잠재의식 속에 깊이 새겨져 놀라운 힘을 발휘합니다. 계획이나 꿈을 마음속에만 담아두는 것보다 선언함으로써 더 명확하게 자신의 태도를 결정할 수 있습니다. 자신이 얼마나 멋지고 귀한 존재인지 스스로 발견하고 선언할 때, 자존감과 가능성도 높아집니다.

새로워지려고 노력하라

우리는 습관적으로 살아가는 것을 경계하고, 항상 새로워지려고 노력해야 합니다. 과거의 자신은 이미 지나간 것입니다. 과거에 빠져 있으면 현재와 미래를 잃게 됩니다. 무엇을 하든 누구를 만나든 새로운 마음을 내는 것, 그것이 우리의 삶에 새로움을 가져다 줍니다. 새로운 마음을 내면 새로운 방법을 찾을 수 있습니다.

문제를 해결하려면
의식을 바꿔라

어떤 문제가 발생하면 생각과 감정에 휩싸여 정작 그 문제의 본질을 명확하게 보지 못할 때가 있습니다. 그래서 해결책을 찾는 것도 어려워집니다. 예를 들어, 누군가와 말다툼할 때 상대방의 사고방식이나 언행을 이해할 수 없어 그 사람을 원망할 수 있습니다. 그러나 원망하는 마음으로는 화해하기 어렵습니다. 이럴 때는 내 입장뿐만 아니라 상대방의 입장에서 문제를 바라보아야 서로를 이해하고 타협점을 찾을 수 있습니다. 문제가 풀리지 않을 때는 내가 어떤 의식 상태에서 그 문제를 바라보고 있는지 점검해 보세요. 내 감정과 생각이 문제 해결을 방해하고 있지 않은지 살펴보고, 더 열린 마음으로 접근해 보세요. 의식을 바꾸면 문제의 원인이 명확해지고, 해결책도 쉽게 찾을 수 있습니다.

홍익의 본성을 회복하라

아무리 영리한 원숭이도 지구를 위해 기도하지는 않습니다. 아무리 주인을 잘 따르는 개도 다른 사람을 위해 자신을 희생하지는 않습니다. 하지만 인간은 다릅니다. 우리는 의식을 무한하게 확장해 나뿐만 아니라 가족, 사회, 국가 그리고 지구까지 생각할 수 있습니다. 인간의 마음에는 홍익의 본성이 존재하기 때문입니다. 나만을 위해 사는 것이 아니라 다른 사람의 행복까지 원하는 마음이 홍익의 마음입니다. 이러한 마음을 회복하고 실천하며 살아갈 때 우리는 더 큰 행복을 느낄 수 있습니다.

인간은 영적인 존재

아무리 몸이 건강하고 사회적으로 성공했다 하더라도 영적인 생명력이 충만해야 합니다. 그렇지 않으면 우리의 삶은 의미와 열정을 잃고 퇴색하게 됩니다. 왜냐하면 우리는 본질적으로 영적인 존재이며, 우리 안에 영혼의 완성을 향한 갈망과 의지가 내재해 있기 때문입니다.

뇌에 원대한 꿈을 선물하라

당신의 뇌에 원대한 꿈을 선물하세요. 당신이 가진 모든 에너지와 능력, 지혜를 쏟아부어야만 이룰 수 있는 꿈을 가져보세요. 현재의 한계를 극복하고 비약적인 성장을 가능하게 하는 목표를 세워보세요. 어렵고 두렵다고 해서 쉽게 이룰 수 있는 목표에 안주한다면 뇌가 가진 잠재력을 백 퍼센트 활용할 수 없습니다. 참나에 뿌리를 둔 높은 가치와 원대한 꿈을 추구한다면 뇌는 그것을 이루기 위해 최선을 다할 것입니다.

현상 대신 실체를 보라

바다에 사는 아이는 태양이 바다에 산다고 우기고, 산골에 사는 아이는 태양이 산에 산다고 우깁니다. 하지만 참나를 깨닫고 나면 모든 것이 하나임을 알게 됩니다. 하나인 실체 앞에서 옳고 그름을 따지는 것은 무의미합니다. 좋고 싫음, 아름답고 추함은 상황에 따라 변하는 마음의 작용일 뿐입니다. 현상만으로는 문제를 해결할 수 없습니다. 현상 너머의 실체를 알아야 합니다. 분리된 모든 것을 하나로 볼 수 있는 새로운 시각을 가질 때 대립과 갈등을 해소할 수 있습니다. 두 아이가 바다와 산이 모두 보이는 곳에서 함께 일출을 맞는다면 더 이상 싸우는 일도 없을 것입니다.

측은지심

측은지심惻隱之心은 그냥 불쌍히 여기는 마음이 아닙니다. 나의 참나로부터 상대방의 슬픔과 고통을 향해 흐르는 치유의 마음입니다. 한 생명이 또 다른 생명에게 느끼는 자비와 사랑의 에너지입니다. 모든 생명에 측은지심을 품는 큰 사랑을 할 때, 우리 안의 생명이 우리를 우러러봅니다.

잘 놀다 간다

좋은 인생은 단순히 많은 것을 이루는 데 있지 않습니다. 진정한 행복과 만족은 놀이처럼 삶을 즐기며 살아가는 데 있습니다. 첫째, 자신과 잘 노세요. 자신을 알아가고, 좋아하는 것들을 찾아내며, 스스로를 격려하고 성장시키는 기쁨을 느끼세요. 둘째, 주위 사람들과도 잘 노세요. 가족, 친구, 동료들과 좋은 대화와 공감을 나누며, 서로에게 힘이 되고 소중한 추억을 만들어 가세요. 셋째, 자연과도 잘 노세요. 산과 들, 바다와 교류하며 몸과 마음을 치유하고, 자연의 아름다움을 만끽하세요. 좋은 인생이란 자신과 주위 사람들, 자연과 조화롭게 놀며 사는 것입니다. 매 순간을 놀이처럼 즐기며, 인생의 소중한 순간들을 마음껏 누리세요. 이 세상을 떠날 때, "정말 잘 놀다 간다"라고 말할 수 있다면 참 좋은 인생입니다.

선택할 힘

들판의 나무는 자신이 태어난 거친 땅을 탓하지 않습니다. 종자가 무엇이든, 환경이 어떠하든, 어떻게 쓰이든 최선을 다해 자기 몫의 생명을 살아냅니다. 마찬가지로 우리가 타고난 몸이나 성격, 인간관계는 스스로 선택한 것이 아닙니다. 때로는 이런 조건들이 발목을 잡는 것처럼 느껴질 수도 있습니다. 그런데 무엇보다 중요한 것은 지금 내게 생명이 주어져 있다는 사실입니다. 그 생명을 무엇을 위해, 어떻게 쓸지 선택할 힘이 나에게 있다는 것입니다.

완전함을 향한
영혼의 갈망

가슴 속에서 형언할 수 없는 외로움을 느낀 적이 있다면, 그리움인지 쓸쓸함인지 한마디로 표현하기 힘든 갈망을 경험한 적이 있다면, 그것은 우리의 영혼이 신호를 보내는 것입니다. 나이, 성별, 재산, 명성에 상관없이 이 외로움은 누구에게나 찾아옵니다. 사랑하는 사람이 곁에 있어도 이 외로움은 우리를 놓아주지 않습니다. 외로움의 정체는 무엇일까요? 어떻게 해야 이 외로움이 달래질까요? 외로움은 영혼이 쏘아 올린 신호탄, 완전함을 향한 갈망입니다. 우리 영혼은 우주의 신성과 하나 될 때 비로소 외로움에서 벗어나 진정한 평화를 얻을 수 있습니다.

생생하게 살아라

단지 존재하는 것에 머물지 말고 정말로 살아가세요. 인생을 견디거나 버티는 것이 아니라, 살아 있는 기쁨을 느껴야합니다. 그러려면 자신의 가치를 반드시 찾아야 합니다. 자신이 어떤 사람인지, 무엇에서 의미와 만족을 느끼는지 알아야 합니다. 진정한 의미와 행복을 주는 방향으로 삶을 꾸려가야 합니다. 시간 속에서 그저 존재하는 것은 누구나 할수 있지만, 살아 있는 기쁨을 느끼며 생생하게 사는 것은 용기 있는 사람만이 할 수 있습니다.

조건부 행복에서
자유로워져라

행복이 조건에 달려 있다고 믿고 그 조건에 얽매여 살아간
다면, 삶은 계속 힘들고 괴로울 수밖에 없습니다. 행복의
조건들은 언제든 사라질 수 있고, 우리도 언젠가는 모든 것
을 내려놓고 떠나야 합니다. 사랑하는 사람이나 재산, 건강
을 잃고 나서야 우리는 존재에 대한 진지한 질문을 던집니
다. 삶의 고통과 무상함을 직시하며 비로소 참된 자아를 찾
아가는 여정에 나섭니다. 자신의 존재 의미를 깨닫고 인생
을 깊이 이해할 때, 우리는 조건부 행복에서 자유로워질 수
있습니다.

일을 시작하기 좋은 때

일을 시작하기 가장 좋은 시기는 그 일이 필요하다고 느낄 때입니다. 그 순간이 바로 최고의 타이밍입니다. 준비가 다 될 때까지 기다리지 마세요. 결과에 대한 걱정이나 두려움이 사라질 때까지 미루지 마세요. 필요하다고 느끼는 순간, 바로 시작하세요. 움직이면서도 충분히 생각할 수 있고, 계획할 수 있습니다. 번지점프를 할 때 두려움이 없어질 때까지 기다리다간 영원히 뛰어내릴 수 없습니다. 두려움이 있어도 뛰어내리는 것이 중요합니다. 필요하다고 느끼는 일이 있다면, 지금 바로 시작하세요. 작은 것부터 실천하며 더 큰 계획을 세워보세요.

Day 287

일기를 써라

하루 한두 줄이라도 꾸미지 말고, 자기 생각과 느낌을 있는 그대로 적어보세요. 자기 눈치도 보지 말고. 스스로를 정직하게 관찰하고 기록하세요. 일기를 쓰는 사람은 자신의 진솔한 모습과 대면할 기회가 많습니다. 자신과의 만남이 잦아질수록 남의 눈치를 덜 보고, 참나로 살겠다는 마음이 커집니다. 정직한 일기는 그 자체로 간절한 기도요, 깊은 명상입니다.

순수하면 통한다

진실하고 순수하면 누구와도 통할 수 있습니다. 결국 우리
를 이어주는 것은 이론이나 지식이 아닙니다. 진실함과 순
수함이 우리를 통하게 하고, 우리를 구원합니다.

오늘 어떤 꽃을 피웠는가

우리는 마음의 정원에서 하루에도 수많은 꽃을 피웁니다. 때로는 웃음과 희망의 꽃이, 때로는 분노와 절망의 꽃이 피어납니다. 행복과 감사의 꽃을 피울 때도 있고, 불만과 원망의 꽃을 피울 때도 있습니다. 우리가 피운 그 꽃들은 쉽게 사라지지 않습니다. 우리의 생각 하나하나, 말 한마디 한마디가 우주에 저장되기 때문입니다. 당신의 마음 정원에 오늘은 어떤 꽃이 피었습니까? 기왕이면 웃음과 행복의 꽃이 만발하게 하세요. 그래야 지구라는 거대한 정원도 더 아름다워질 것입니다.

인생의 스토리를
다시 쓰는 사람들

우리 인생의 스토리는 단지 과거에 무슨 일이 일어났는가에 대한 것이 아닙니다. 그 일을 내가 어떻게 받아들이고 해석했는가에 대한 것입니다. 우리에게 감동과 용기를 주는 사람들은 대개 자신의 인생 스토리를 스스로 재해석하여 다시 쓴 사람들입니다. 그들은 실패와 절망이 없는 삶을 산 사람들이 아닙니다. 오히려 힘들고 고통스러운 환경 속에서 좌절과 역경을 겪은 경우가 많습니다. 그들은 '나에게 이런 일이 있었다'에서 멈추지 않고, '그런데도 나는 이렇게 되겠다'라거나 '나는 이것을 배웠고, 이 배움을 바탕으로 이렇게 나아가겠다'는 스토리를 선택한 사람들입니다. 이렇게 자신의 인생 스토리를 다시 쓰는 사람들은 자기 인생의 개척자가 됩니다.

사람이 희망인 이유

우리 안에는 밝은 마음, 양심이 있습니다. 사람의 모든 약점과 잘못에도 불구하고 여전히 사람에게 희망을 품을 수 있는 이유는 이 양심이 모두에게 존재하기 때문입니다. 양심은 그 무엇으로도 가릴 수 없고 외면할 수 없는, 우리 내면의 밝은 빛이자 완전한 앎입니다. 이 양심이 있기에 우리는 타인을 속일 수는 있어도, 자신을 속일 수는 없습니다. 양심은 세상의 모든 것을 비추어 진실을 드러내는 가장 밝은 빛입니다.

행복의 출처

감정은 변덕스럽고 예측할 수 없습니다. 좋은 감정에만 의존하면 쉽게 좌절하고 불안해질 수 있습니다. 행복도 그렇습니다. 행복은 감정의 상태가 아니라 내면의 안정감과 평온에서 비롯됩니다. 참나라는 중심이 있을 때, 감정의 격랑에 흔들리지 않고 평온을 유지할 수 있습니다. 파도가 높을수록 서퍼는 몸을 낮추고 중심을 잡아 균형을 유지합니다. 감정의 파도가 몰려올수록 변하지 않는 참나에 더 깊이 뿌리를 내리세요.

움켜잡지 말고 놓아라

집착과 번뇌를 놓고 싶다면서도 오히려 움켜잡는 사람들이 있습니다. 두려움 때문입니다. 놓기로 선택했으면 완전히 놓아야 합니다. 두려움에 사로잡혀 무언가를 붙들려 하지 마세요. 다 놓으면 죽을 것 같지만, 완전히 놓으면 우리 안의 생명력이 우리를 지탱해 줍니다. 수영을 배울 때도 마찬가지입니다. 물이 두려워 발만 넣었다 뺐다 해서는 수영을 배울 수 없습니다. 물속에 완전히 몸을 담그고 힘을 빼야 부력이 작용해서 우리 몸이 떠오릅니다. 정말로 마음의 평화를 원한다면 붙들지 말고 놓아주어야 합니다.

피는 꽃마다 아름답다

피는 꽃마다 아름답습니다. 부잣집 정원을 장식하는 장미라서 더 아름답고, 낮은 땅에 엎드려 핀 민들레라서 덜 아름다운 것이 아닙니다. 갓 피어난 꽃이라서 더 아름답고, 시들어 죽어가는 꽃이라서 추한 것이 아닙니다. 누구는 이래서 잘났고, 누구는 저래서 못난 것이 아닙니다. 무릇 생명 있는 것들은 모두 저마다 다른 빛깔과 향기로 장엄한 생명을 노래하고 있습니다. 그럼에도 저마다 다르기만 한 것이 아니라 이 모두가 조화롭게 한데 어울려 하나의 큰 생명을 이루고 있습니다. 같으면서도 다르고, 다르면서도 같은 세계, 그것이 피는 꽃마다 아름다운 세계입니다.

영적인 건강은
어디에서 오는가

세상 만물은 그것이 생명에 얼마나 공헌했는가에 따라 그 가치가 결정됩니다. 어떤 사상이나 종교가 가치 있는지, 어떤 과학이나 정치가 합당한지, 어떤 의학이나 기술이 유용한지는 모두 그것이 생명을 얼마나 이롭게 했는가에 달려 있습니다. 모든 생명이 하나로 연결되어 있음을 깨닫고, 생명을 두루 이롭게 하는 것이야말로 영적으로 건강한 삶의 본질입니다.

뿌린 대로 거둔다

우리의 마음은 뿌리는 대로 싹을 틔우는 정직하고 비옥한 밭입니다. 이 마음밭에 뿌려지는 생각의 씨앗은 긍정적이든 부정적이든 반드시 싹을 틔우고 자라게 마련입니다. 마음밭에 부정적이고 절망적인 생각의 씨앗을 뿌리면서 현실에서 긍정과 희망을 기대하는 것은 가시나무를 심어놓고 장미꽃을 기대하는 것과 같습니다. 현실은 마음밭에 뿌린 생각의 씨앗에서 자라난 열매입니다. 긍정적인 삶의 변화를 원한다면 마음밭에 희망의 씨앗을 뿌리세요.

스스로 선택한 고통

내 의지와 무관하게 강제로 겪는 고통은 지옥과 같습니다. 하지만 내가 스스로 선택한 고통은 훈련이고 단련입니다. 성장과 완성을 향해 가는 길에는 기쁘고 행복한 일만 있지 않습니다. 아무리 어렵고 힘든 길이라도, 성장을 위해 내가 선택한 길이라면 고통은 우리를 단련시키는 축복이 됩니다.

내 마음 관찰하기

누군가에게 화가 나거든 '내가 지금 누군가에게 화가 나 있구나' 하고 마음을 바라봅니다. 오늘 일터에서 한 실수 때문에 자신이 바보같이 느껴진다면 '내가 지금 나를 싫어하고 있구나' 하고 바라봅니다. 마치 잔잔한 호수가 하늘의 구름을 있는 그대로 비추듯, 당신의 마음에 나타나는 현상들을 지켜봅니다. 자신의 마음을 관찰하다 보면 어느 순간 당신과 당신의 생각이나 감정 사이에 틈이 생깁니다. 딱 붙어서 절대 떨어지지 않을 것 같던 둘 사이에 공간이 보입니다. 그 공간이 커질수록 생각과 감정에 휘둘리지 않고, 사려 깊은 선택을 할 수 있습니다.

슬픈 것은 내가 아니다

감정은 내가 아니라 내 것입니다. 그래서 내가 조절할 수 있습니다. 하지만 많은 사람들은 감정을 자신과 완전히 동일시합니다. 감정을 조절하고 싶다면 슬프거나 외로울 때, '나' 대신 '나의 뇌'라는 표현을 사용해 보세요. 내가 슬픈 것이 아니라, 나의 뇌가 슬픔을 느끼는 것입니다. 내가 우울한 것이 아니라, 나의 뇌가 우울함을 느끼는 것입니다. 내가 슬픔과 외로움을 느끼는 나의 뇌를 지켜보고 있는 것입니다. 나의 뇌가 슬픔과 우울함에서 벗어나 희망을 향해 나아갈 수 있도록 격려하고 힘을 주세요.

그냥 내려놓아라

집착을 내려놓아야 고통에서 벗어날 수 있다고 말하면 사람들은 묻습니다. "어떻게 내려놓습니까?" 그래서 '그냥' 내려놓으라고 하면, "그냥은 어떻게 하는 겁니까?"라고 또 묻습니다. '그냥'에는 조건이 없습니다. 앞뒤를 재며 따지지 않습니다. '그냥'은 생각해 본 뒤가 아니라, 지금 이 순간 바로 내려놓는 것입니다. 그냥 내려놓으면 그동안 안간힘을 다해 붙들고 있던 고삐가 풀리면서 자기 삶이 산산조각 날까 봐 두려워하는데 절대 그렇지 않습니다. 호흡을 해 보세요. 애써 조절하지 않아도 숨을 내쉬면 저절로 들이마셔지듯이, '그냥' 내려놓으면 우주는 자연스럽게 그 빈 공간을 채워줍니다.

완전함의 세계

우리는 완벽함과 완전함을 동시에 추구합니다. 대체로 외형적인 것을 묘사할 때 '완벽'하다고 하고, 내적이고 정신적인 것을 표현할 때 '완전'하다는 말을 씁니다. 가령, 신은 완전하다고 표현합니다. 시간과 공간을 초월해 어떤 근원적인 상태를 경험할 때, 우리는 자신이 완전해짐을 느낍니다. 우리 안에는 이미 완전함이 흐르고 있습니다. 완전함은 생명에서 비롯합니다. 우리의 생명은 완벽하다기보다는 완전한 것입니다. 생명의 신비는 완전해서 굳이 배우지 않고도 저절로 알고 행하는 것들이 많습니다. 완벽하기 위해서는 피나는 노력이 필요하지만, 완전해지기 위해서 힘겨운 노력은 필요하지 않습니다. 생명의 본래 상태로 돌아가 그 본질을 느끼고 자각하는 것으로 완전함에 이를 수 있기 때문입니다. 아무리 완벽한 사람이라도 생사의 장벽을 넘을 수는 없습니다. 하지만 완전함의 세계를 아는 사람은 생사를 초월해 더 큰 생명과 하나 될 수 있습니다.

진정한 사랑의 시작

우리는 다른 사람을 사랑하고 그들의 행복을 위해 애쓰면서도, 정작 자신을 사랑하는 데에는 소홀합니다. 그러나 진정한 사랑은 나 자신에서부터 시작됩니다. 자신을 사랑한다는 것은 나의 모든 점을 받아들이고 존중하는 것입니다. 나의 장점뿐만 아니라 단점까지 인정하고, 실수와 실패에도 불구하고 자신을 용서하며 성장할 기회를 주는 것입니다. 나의 가치와 가능성을 믿고 끊임없이 스스로를 격려하는 것입니다. 나 자신을 사랑하는 것이 쉽지 않지만, 행복한 인생을 원한다면 가장 먼저 터득해야 할 사랑의 기술입니다.

내 생명과 만나는 시간

우리는 반드시 자신의 본질과 연결하는 시간을 확보해야
합니다. 자기 안의 생명을 만나는 시간을 가져야 합니다.
그렇지 않으면 하루 종일 바쁘게 많은 일을 하고도 허전함
을 느낍니다. 다른 사람들과의 교류나 값비싼 물건들이 주
는 일시적인 기쁨은 자신과의 만남에서 오는 깊은 만족감
을 대신할 수 없습니다. 매일 단 몇 분이라도 자신의 생명
과 만나는 시간을 가지세요. 명상, 산책, 일기 쓰기뿐만 아
니라 달리기나 푸시업 같은 몸을 움직이는 활동을 통해서
도 가능합니다. 생명과의 만남에서 오는 내적인 충만감은
삶의 스트레스를 이겨낼 힘을 줍니다.

순수한 집중

욕심이나 두려움 없이 무심하고 투명하게 관찰하는 마음에는 에너지를 움직이는 강력한 힘이 있습니다. 이 마음으로 당신이 정말로 이루고자 하는 일에 집중해 보세요. 우리가 어떤 일에 집중할 때는 긴장이나 기대감, 더 잘하고 싶은 욕심, 일이 잘 안될지도 모른다는 불안, 걱정, 두려움 등 여러 감정이 섞여 있기 마련입니다. 집착이나 욕심 없는 담담한 마음은 감정의 찌꺼기 없이 순수하게 집중하게 합니다. 그러한 맑은 집중 속에서 창조력과 추진력이 발휘됩니다.

너무 늦은 나이는 없다

인간의 뇌는 마지막 숨을 거두는 순간까지 변화합니다. 삶을 이해하고 통찰하는 것도 마지막 순간까지 계속됩니다. 그러므로 '내 삶의 목표가 무엇인가'를 묻기에 너무 늦은 나이는 없습니다. 삶의 의미를 완전히 바꿀 수 있는 새로운 깨달음은 언제든지 찾아올 수 있습니다. 나이와 상관없이 지금까지 이룬 성취가 많든 적든, 다시 한번 스스로에게 물어보세요. "무엇이 나를 진정으로 행복하게 하는가?"

나에게 주는 최고의 선물

건강은 자신에게 줄 수 있는 최고의 선물이며, 당신이 사랑하는 사람들과 공동체에 줄 수 있는 큰 축복입니다. 건강은 당신이 하는 모든 멋지고 아름답고 좋은 일들의 바탕이 됩니다. 다른 사람에게 돈이나 지식은 빌릴 수 있지만, 건강은 그럴 수 없습니다. 아무리 사랑하는 사이일지라도 건강을 빌려주거나 나누어줄 수는 없습니다. 당신이 인생에서 무엇을 성취하려고 하든 건강이 바탕이 되어야 합니다.

희망을 선택할 때
절망이 사라진다

날씨가 춥다고 하면서 계속해서 몸에 찬물을 끼얹으면 결국 몸이 꽁꽁 얼어버릴 것입니다. 마찬가지로 상황이 힘들다, 어렵다 하면서 계속 그 힘듦과 어려움만을 상기하면 절망은 더욱 커질 것입니다. 추울 때는 따뜻한 물이 필요하듯, 힘들 때는 희망이 필요합니다. 아무리 큰 장애와 어려움이 있어도 희망이 있다면 극복할 수 있지만, 희망이 없으면 작은 장애도 집채만 하게 커 보입니다. 힘들고 어려울수록 스스로에게 희망을 주어야 합니다. 희망을 선택할 때, 절망은 사라집니다.

인생에서
가장 중요한 사건

한 사람의 인생에서 태어나고 죽는 것은 가장 큰 사건입니다. 그러나 그보다 더 큰 사건은 자기를 찾는 것일지 모릅니다. 태어나고 죽는 것은 누구에게나 일어나는 일입니다. 하지만 자기를 찾는 것은 선택한 사람에게만 일어나며, 인생 전체를 송두리째 바꾸는 혁명과도 같은 일입니다. 그래서 인간이 경험할 수 있는 가장 중요한 사건은 '내가 누구인지를 깨닫는 것'이라고 확신합니다.

진짜 강한 사람

강한 사람은 어떤 상황에서도 얼굴을 찡그리지 않는 사람
이 아닙니다. 힘들어 얼굴을 찡그리면서도 자신과의 약속
을 끝까지 지켜내는 사람입니다.

허공 속의 하느님

우리 몸 밖에 허공이 있듯 우리 몸속에도 허공이 있습니다. 두 허공은 서로 연결되어 있어, 몸 밖의 큰 허공이 병들면 몸속의 작은 허공도 함께 병듭니다. 숨은 죄인의 몸이나 성인의 몸을 가리지 않고 안팎의 허공을 자유롭게 들락거립니다. 살아 있는 모든 것은 허공에 의지해 생명을 유지합니다. 창조주 하느님은 경전이나 성전 안이 아니라 허공 속에 존재합니다. 허공을 드나드는 숨 속에 있습니다. 허공은 우리 몸속에도, 몸 밖에도 있으니 우리는 몸 안팎에서 하느님을 감싸안고 있는 셈입니다. 숨을 통해 천지에 가득한 창조주 하느님을 느껴보세요.

사람이 미워질 때

'사람을 미워하면 안 되지, 미워하지 말아야지' 아무리 마음을 다스리려 해도, 정말로 밉고 싫은 사람이 있을 때는 그 사람을 측은한 마음으로 바라보세요. '저 사람도 저렇게 행동하면서 마음이 편치 않을 거야. 저렇게 화를 내면 본인도 얼마나 힘들까' 하고. 그리고 '내가 내 마음에서 고통이 사라지기를 원하듯, 당신의 마음에서도 고통이 사라지기를 원합니다. 당신이 평안을 찾고 행복해지기를 바랍니다.'라고 기도해 보세요. 이렇게 생각을 바꾸면 밉고 싫은 감정이 조금씩 사그라지면서 연민이 생겨납니다. 무엇보다 내 마음이 한결 편안해집니다.

좋은 성품에 관하여

영혼의 성장 정도를 보여주는 것이 바로 성품입니다. 정직, 성실, 예의, 사랑, 친절, 인내, 관용, 겸손과 같은 좋은 성품은 영적인 성숙도를 반영합니다. 좋은 성품을 기르지 않은 채 그럴듯하게 꾸며내는 것은 오래 지속될 수 없습니다. 대부분의 인간관계와 리더십의 실패는 이러한 불일치에서 비롯합니다. 좋은 성품은 나이가 든다고 저절로 생기는 것이 아닙니다. 돈이나 권력, 지식이나 믿음으로도 만들 수 없습니다. 마음과 태도가 근본적으로 바뀌어야 그 사람의 기질, 즉 에너지의 질이 변화하고 비로소 좋은 성품이 자리 잡습니다. 좋은 성품은 영혼이라는 천에 수놓아진 아름다운 보석입니다. 그 보석들의 모양과 색깔은 제각기 다르지만, 모두 우리의 본성인 영혼에서 나왔습니다. 그 성품들을 하나하나 닦아내어 빛나게 하세요. 그 빛이 당신의 삶을 비추고, 주변 사람들까지도 환히 밝혀줄 것입니다.

마음의 평화를 원한다면

좋아하는 것이든 싫어하는 것이든 계속해서 괴로움을 만든다면, 그것은 집착입니다. 마음의 평화를 원한다면 집착을 내려놓으세요. 그렇다고 사람, 돈, 물건, 명예, 힘 등에 관심을 두지 말라는 의미는 아닙니다. 과도한 집착으로 자신을 괴롭히지 말고, 영혼의 성장을 위해 이를 활용하라는 말입니다. 그렇게 하려면 삶의 중심에 자신의 영혼이 굳건하게 자리 잡아야 합니다. 자신이 집착하는 것보다 영혼의 성장과 마음의 평화가 더 중요하다는 자각이 있을 때, 집착을 내려놓을 수 있습니다.

자연은 치장하지 않는다

자연은 포장하거니 치장하지 않습니다. 포장하거나 치장하지 않아도 있는 그대로 멋지고 아름다우며 감동을 줍니다. 우리 안의 자연스러움을 회복할 때, 우리도 그렇게 됩니다.

모든 것은 변한다

삶의 무상함을 이해하는 사람조차 쉽게 벗어나지 못하는 착각이 있습니다. 세상 모든 것이 변해도 나만은 예외라고 여기는 것입니다. 그러나 무상은 어떤 예외도 허용하지 않는 우주의 진리입니다. 내가 무상에서 예외라고 생각하는 순간부터 고통이 시작됩니다. 나 자신, 내가 사랑하는 사람들, 소중히 여기는 것들이 영원히 변하지 않기를 바라지만 그 마음은 집착을 불러옵니다. 그래서 지금 가진 것을 움켜쥐려 하고, 더 많이 가지려 애쓰며 고통의 늪에 빠져듭니다. 삶의 무상함을 뼛속까지 이해한다는 것은, 나 자신과 나와 연관된 모든 것들이 변한다는 사실을 진심으로 받아들이는 것입니다. 그럴 때 우리는 집착에서 비롯된 고통에서 자유로워질 수 있습니다. 삶의 크고 작은 일들에 휩쓸려 중심을 잃지 않으며, 담담하고 의연하게 대처할 수 있습니다. 무상의 진리를 알면 지금 이 순간의 삶을 있는 그대로 수용하고, 열린 마음으로 모든 것을 바라볼 수 있습니다.

생명현상 속에서
참나를 만나라

우리 몸의 세포 하나하나는 끊임없는 생명의 진동 속에 있습니다. 고요한 명상의 순간에도, 머리카락 한 올조차 움직이지 않을 것 같은 온몸에서 생명의 진동이 일어나고 있습니다. 이 진동은 우리의 의지와 무관하게 일어납니다. 온몸으로 생명의 진동을 느끼는 순간, 우리는 진동 그 자체가 됩니다. 생각이 끊어지고 오직 생명에만 집중합니다. 이성을 통한 집중이 아니라 진동을 통한 집중이며, 생명 전체에 걸친 전일 집중입니다. 참나와의 만남은 논리적 단계나 규칙에 따라 이루어지지 않습니다. 참나와의 만남은 왕성한 생명현상 속에서 일어납니다. 머리로 따져가며 얻은 참나에 대한 정보는 그저 하나의 지식일 뿐입니다. 우리는 머리를 써서 따지고 분석하며 살아가야 하지만, 그 속에서도 생각을 내려놓고 온몸으로 생명을 느끼는 시간을 반드시 가져야 합니다.

실패보다는
배움에 집중하라

우리는 누구나 인생길을 가면서 넘어질 수 있습니다. 넘어지는 것 자체는 부끄러운 일이 아닙니다. 그러니 넘어진 기억을 곱씹으며 후회하거나 자책하면서 부정적인 감정을 확대하지 마십시오. 세상의 많은 성공은 숱한 실패를 딛고 이루어낸 것입니다. 실패를 계속 들추기보다는 실패에서 얻은 배움에 집중하세요. 실패를 통해 무엇을 배웠는지 돌아보고, 그 배움을 소중히 여기세요.

장애를 대하는 태도

누구나 살면서 크고 작은 장애를 만납니다. 그러나 같은 장애라도 사람마다 대처하는 방식은 다릅니다. 어떤 사람은 장애에 막혀 한 걸음도 나아가지 못하고 전전긍긍하는 반면, 어떤 사람은 과감히 장애를 돌파합니다. 그 차이를 만드는 것은 바로 장애를 대하는 태도입니다. '이 장애를 넘어서면 내가 얼마나 성장해 있을까?'라며 긍정적인 마음으로 장애를 대하면, 장애도 힘이 한풀 꺾입니다. 하지만 장애를 너무 크게 보고 두려워하면 오히려 더 기세등등해집니다. 장애를 두꺼운 벽이 아닌 얇은 종잇장이라 생각하세요. 겉으로는 단단한 벽처럼 보여도 용기 내서 뚫어보면 결국 뚫립니다. 많은 사람들이 미리 겁을 먹고 시도할 생각조차 하지 않습니다. 장애는 그대로 두면 장애로 남지만, 해결하고 나면 성장의 기쁨을 가져다줍니다. 힘들다고 느껴질 때, '이 순간을 극복하면 어떤 좋은 일이 일어날까?'라는 기대와 호기심을 가지고 장애에 당당히 맞서보세요.

살아 있다는 것에 집중하라

우리는 자연이 허락하지 않으면 단 1초도 살 수 없습니다. 지금 우리가 살아 있는 것은 존재해야 할 이유가 있기 때문입니다. 그러니 눈앞의 불행에 집중하기보다는 살아 있다는 사실 자체에 집중해야 합니다. 이 순간 살아 있다는 것만으로도 우리는 헤아릴 수 없는 축복을 받은 것입니다. 현재의 삶을 소중히 여기고, 매 순간 최선을 다하는 삶은 참으로 아름답습니다.

여럿이 함께 꾸는 꿈

아름답고 위대한 꿈은 사람을 아름답고 위대하게 만듭니다. 한 사람이 품는 꿈은 한 사람의 인생을 바꿀 수 있지만, 많은 사람이 함께 품는 꿈은 세상을 바꿀 수 있습니다. 우리 안에는 자신뿐만 아니라 모든 사람과 생명이 건강하고 행복한 세상을 만들고 싶은 꿈이 있습니다. 세상을 바꿀 수 있는 가장 큰 힘은 바로 그러한 꿈입니다. 그러한 꿈이 여전히 우리의 가슴을 뛰게 한다면 인류에게는 언제나 희망이 있습니다.

꿈을 향해 나아가라

당신이 꿈을 향해 나아가고 있다면, 그것은 한 그루의 나무를 심고 한 알의 씨앗을 뿌리는 것과 같습니다. 처음 한두 걸음은 별것 아닌 것 같지만 그 일을 십 년간 지속한다고 생각해 보세요. 한 그루의 나무가 울창한 숲을 이루고 한 알의 씨앗이 풍성한 들판이 되듯, 당신의 꿈도 분명히 결실을 맺을 것입니다. 꿈은 아직 실현되지 않은 현실이지만, 간절하게 꿈꾸는 사람의 마음속에서는 이미 이루어져 있습니다. 현실에서는 아직 이루어지지 않았더라도 마음속에 이미 이룬 그 꿈을 바라보며 용기 있게 나아가세요.

직접 부딪쳐라

머리로 생각만 해서 해결되는 일은 아무것도 없습니다. 직접 부딪치는 것이 중요합니다. 부딪쳐 보기도 전에 '이건 안 되는데', '저건 안 되는데' 하며 관념 속에 살면 영원히 그것밖에는 볼 수 없습니다. 자신 안에서 약동하는 무한한 생명의 힘을 믿고 일단 부딪쳐 보세요. 자신의 한계를 무한대로 키워나가세요.

오늘을 열렬하게

죽음은 누구도 차별하지 않습니다. 잘난 사람, 못난 사람, 배운 사람, 못 배운 사람, 부자와 가난한 사람을 가리지 않습니다. 죽음 앞에서는 누구도 예외가 없습니다. 언제 어떻게 죽음을 맞이할지는 아무도 모릅니다. 그래서 삶의 목적을 찾고, 그 목적에 따라 하루하루를 의미 있게 살아가는 것이 중요합니다. 설령 내일이 마지막 날일지라도 그 목적을 위해 오늘을 온전히 불태우며 살아가는 사람은 축복받은 사람입니다. 그렇게 사는 것은 늙어가는 것이 아니라 완전해지는 것입니다.

의지는 상상보다 힘이 세다

상상력에는 창조의 힘이 있습니다. 그러나 상상력보다 먼저 더 강력하게 작용하는 것은 의지입니다. 상상력은 현실에 존재하지 않는 이미지를 그려내는 정신적 능력입니다. 하지만 의지가 없다면 그러한 정신적 작업을 지속할 수 없습니다. 상상력을 불러일으키고 부리는 것은 의지입니다.

다 이루어졌다

거울을 보고 자신이 원하는 것을 말해보세요. 자기 눈을 바라보며 구체적으로 소리 내어 말하는 것이 중요합니다. 또박또박 자신 있게 말해보세요. 언어에는 강력한 파동이 있습니다. 당신의 목소리에 담긴 진정성, 믿음이 파동으로 뇌에 전달될 것입니다. 원하는 것이 이미 다 이루어졌다고 소리 내어 선언하세요. 매일 그 일이 이미 이루어진 모습을 상상하고, 기쁨과 감동을 미리 당겨서 느껴보세요. 상상과 믿음이 강해질수록 뇌는 그 믿음에 따라 현실을 변화시키기 위해 모든 노력을 다합니다.

우연한 만남은 없다

산에서 만나는 들꽃 한 송이도 무심히 지나쳐서는 안 됩니다. 그 꽃이 나를 맞이하기 위해서 때를 맞추어 거기에 피어났다고 생각해 보세요. 그 꽃이 나를 기다리고 있었다고 생각해 보세요. 내가 그 순간, 그 시간과 공간에 존재했듯이 꽃도 그랬습니다. 바로 그 순간 내 앞에 피어난 그 꽃은 나와 큰 인연이 있는 것입니다. 꽃을 보는 마음으로 사람들과 사물들을 만나십시오. 모든 만남은 우연이 아닙니다. 만남은 바람과 소망의 결과이고, 거기에는 나름의 뜻이 담겨 있습니다. 모든 만남에는 의미가 있고 배움이 있습니다.

막춤을 추듯 자유롭게

틀 없이, 주저 없이, 마음이 가는 대로 춤을 추는 것은 정말 즐겁습니다. 박자가 조금 어긋나도, 동작이 완벽하지 않아도 상관없습니다. 중요한 건 춤에 완전히 몰입해 기쁨을 느끼는 것입니다. 그렇게 춤을 추면 보는 사람에게도 그 기쁨이 그대로 전해집니다. 무언가를 시작할 때도 막춤을 추듯이 그냥 시작해 보세요. 조건과 환경을 리듬이라 생각하고, 그 리듬을 느끼며 몸을 움직이면 됩니다. 정해진 순서나 방법은 없습니다. 당신이 느끼는 리듬에 맞춰 자유롭게 시작해 보세요.

가장 어리석은 걱정

마음이 불편한 데에는 세 가지 이유가 있습니다. 첫째, 몸이 아픈 것입니다. 몸이 불편하면 마음이 불편하게 되어 있습니다. 둘째, 마음속에 미움이 있을 때입니다. 남을 미워하는 마음이 있으면 숨이 거칠어집니다. 셋째, 자기 존재에 대한 걱정입니다. 이것이야말로 가장 어리석은 걱정입니다. 하늘을 나는 새도, 들에 핀 꽃도 무엇을 먹을지, 어떻게 겨울을 날지 걱정하지 않습니다. 자연이 알아서 해결해 주기 때문입니다. 오직 사람만이 삶에 대해 걱정합니다. 우리는 태어나고 싶어서 태어난 것이 아닙니다. 태어나고 죽는 것은 인간의 권한 밖에 있는 문제입니다. 대자연이 주관하는 일입니다. 걱정한다고 해결될 문제가 아니라면 대생명력의 흐름에 자신을 맡기세요. 지금 이 순간의 소중함을 자각하며 담담하게 살아가세요.

최선을 다했다면

감당하기 힘든 일이 닥쳤을 때는 오직 오늘 최선을 다하
는 것에만 집중하세요. 할 수 있는 만큼 최선을 다하고, 나
머지는 하늘에 맡기세요. 내가 최선을 다하지 않고 환경을
탓하거나 다른 사람을 원망하는 것은 부끄러운 일입니다.
정말로 최선을 다했다면, 원하는 결과가 이루어지지 않더
라도 그것으로 충분합니다. 그럴 때는 원하는 결과를 얻지
못한 것을 원망하거나 자책하는 대신 최선을 다한 자신을
격려하세요. 그렇게 스스로를 응원하며 성장해 나가면 됩
니다.

자연에는 선악이 없다

태어나고 죽는 것은 섭리일 뿐 선악이 아닙니다. 꽃이 피는 것이 선이 아니듯, 꽃이 지는 것이 악도 아닙니다. 꽃은 그저 피고 질뿐입니다. 우리가 아는 대부분의 선악은 인간이 만들어낸 인위적인 개념입니다. 그래서 선악의 기준은 시대나 문화, 장소, 사람에 따라 손바닥 뒤집듯 달라지기도 합니다. 모든 인위적인 것은 선악을 따집니다. 그러나 자연에는 선악이 없습니다. 그래서 우리에게 평화와 깊은 위로를 줍니다.

감정에서 자유롭다는 의미

감정에서 자유롭다는 것은 감정이 없어지는 것이 아닙니다. 누구나 슬프거나 외롭고, 화가 날 때가 있습니다. 그러나 감정에서 자유로운 사람은 그 감정에 휘둘리지 않습니다. 생명이 있고 뇌가 있는 한 감정은 끊임없이 일어났다가 사라집니다. 그 감정을 어떻게 조절하느냐가 중요합니다. 감정은 없애는 것이 아니라 조절하는 것입니다. 절망이나 불안, 분노 속에 머무는 시간보다 기쁨, 열정, 평화 속에 머무는 시간을 더 늘려보세요. 자신의 감정을 어떻게 조절하고 다루느냐에 따라 우리의 인생은 완전히 달라질 수 있습니다.

대가를 바라지 마라

선행이 우리의 성장을 방해할 수 있습니다. 선행은 그냥 베
푸는 것입니다. 칭찬이나 보답을 바라는 마음이 생기거나
선행에 대한 보상이 돌아오지 않을 때 후회하거나 언짢은
마음이 든다면, 다른 사람에게 좋은 에너지를 주기보다는
오히려 빼앗게 됩니다. 진정한 선행은 대가를 바라지 않는
것입니다. 조금이라도 대가를 바라는 마음을 발견했다면
허허 웃으며 내려놓으세요.

우주의 위대한 설계

우리는 언젠가 죽음을 맞이합니다. 우리에게 주어진 시간이 영원하지 않다는 것을 알기에 소중한 시간을 의미 있게 사용하려고 노력합니다. 우리는 불완전하고 유한한 존재이기에 본능적으로 그 한계를 넘어 완전함과 영원함에 도달하고자 합니다. 삶에 끝이 있기에 더 나은 사람이 되려하고, 겸손하고 자비롭게 살고자 합니다. 죽음은 삶을 위한 축복이자 우리를 성장시키기 위한 우주의 위대한 설계입니다.

행복을 느끼는 감각

아주 좋은 일이 생겨도 그 의미를 좁쌀만큼 축소하는 사람들이 있습니다. 그런가 하면 다른 사람이나 자신에게 일어난 나쁜 일을 풍선처럼 부풀리는 이들도 있습니다. 행복을 느끼는 감각이 뛰어난 사람들은 반대로 합니다. 좋은 일은 뻥튀기처럼 튀겨서 크게 기뻐하고, 안 좋은 일은 포도알처럼 줄여서 대수롭지 않게 넘깁니다. 작은 기쁨을 크게 받아들이고, 큰 어려움을 가볍게 넘길 수 있는 감각을 가졌다면 행복이 자연스럽게 당신을 찾아갈 것입니다.

시간의 의미와 방향

시간은 흘러가는 강물과 같고, 마음은 그 강물 위에 띄우는 배와 같습니다. 마음의 방향에 따라 강물은 새로운 길을 열어줍니다. 우리에게 시간이 얼마나 주어질지 알 수 없지만, 마음의 방향이 현재와 미래를 만들어 간다는 것은 분명합니다. 주어진 시간을 소중히 여기며, 당신의 마음이 당신의 시간에 의미와 방향을 부여한다는 사실을 기억하세요.

지구를 보살펴야 할 이유

우리는 어떤 나라에서 살지, 어떤 종교를 믿을지, 심지어 자신의 성별까지 선택할 수 있습니다. 하지만 우리가 살아가는 지구는 선택할 수 없습니다. 지구는 우리 모두에게 주어진 유일한 집이자, 모든 생명의 터전입니다. 우리는 나라 없이, 종교 없이, 심지어 슈퍼마켓 없이도 살아갈 수 있지만 지구 없이는 생존할 수 없습니다. 이 단순한 사실이 우리가 지구를 보살펴야 하는 가장 중요한 이유입니다.

몸의 소리에 귀를 기울여라

머리가 맑고 상쾌한지, 아랫배와 손발은 따뜻한지, 호흡은 편안하고 깊은지, 근육이 뭉친 곳은 없는지 몸의 소리에 귀 기울이세요. 몸의 상태를 느끼면 몸에 필요한 행동을 찾아서 합니다. 목이 마르면 물을 마시고, 과식했으면 식사량을 줄이고, 몸이 찌뿌둥하면 스트레칭합니다. 하지만 몸의 소리를 듣지 못하면 몸이 원하는 대로 보살필 수 없습니다. 몸에서 점점 멀어져 몸의 균형이 깨지고, 질병에 취약해지기 쉽습니다. 자기 몸과 친해지고, 몸의 소리에 귀를 기울이세요.

몸은 영혼의 그릇

몸은 영혼을 담고 있는 그릇입니다. 몸이 있기에 영혼을 느낄 수 있고, 영혼을 닦을 수 있습니다. 육체가 소중한 이유는 영혼을 담고 있는 그릇이자, 영혼을 키울 수 있는 유일무이한 도구이기 때문입니다.

생명의 대순환

소가 먹은 풀은 소의 일부가 되고, 사람이 먹은 소는 사람의 일부가 됩니다. 수많은 생명이 내 몸의 일부가 되었듯 나도 때가 되면 다른 생명체들을 위한 에너지원이 될 것입니다. 무수한 생명이 이 세상에 왔다가 사라지지만, 그 생명은 영원히 소멸하지 않고 다른 생명에 스며들어 다시 태어납니다. 꽃이 지는 것, 사람의 목숨이 다하는 것, 우주의 별들이 태어나고 사라지는 것 모두 자연의 현상입니다. 그 모든 것은 하늘과 땅의 기운을 타고 한바탕 놀고 가는 생명의 대순환입니다. 이 이치를 알면 죽음을 평화롭게 맞을 수 있습니다. 죽음은 우주에 빌린 몸을 되돌려주고, 생명의 대순환에 새롭게 동참하는 성스러운 의식이 됩니다. 생명은 그 무엇으로도 훼손할 수 없는 영원한 것임을 깨달을 때 자잘한 고민과 집착, 망상은 저절로 사라집니다. 과거에 집착하지 않고, 미래에 불안해하지 않으며, 지금 이 순간에 존재할 수 있습니다.

생명을 유지하는 것은
내가 아니다

우리의 생명을 유지하는 데 가장 중요한 일들은 저절로 이루어집니다. 심장박동, 혈압, 체온, 호흡, 소화, 배설 이 모든 것들은 저절로 일어납니다. 일부러 배운 적이 없기에 잊어버릴 일도 없습니다. 자신의 호흡을 한번 지켜보세요. 숨이 들어와 가슴을 가득 채우고, 다시 빠져나가는 그 리듬이 반복되는 과정을 느껴보세요. 내가 내 생명을 유지하는 것이 아니라 생명이 스스로를 유지하고 있음을 깨닫게 될 것입니다.

지구가 내 별이 될 때

지구는 우주 가운데 특별한 존재가 아닙니다. 사람 또한 이 지구상에 그리 대단한 존재는 못 됩니다. 지구의 수많은 생물종 가운데 하나일 뿐입니다. 우주 전체로 본다면 개개인은 무無에 가까운 존재일 수도 있습니다. 그러나 우리가 지구를 가슴으로 느끼고 사랑하게 되면, 그 순간 큰 존재로 탈바꿈합니다. 그때 비로소 지구는 '나의 별'이 됩니다. 환경으로서의 지구가 아닌 영혼을 지닌 생명으로서의 지구를 느껴보세요.

현상 너머의 실체를 보라

달의 모양은 매일 변합니다. 이것은 우리가 경험하는 '현상'입니다. 하지만 달의 실제 모양은 언제나 둥급니다. 눈에 보이는 것이 항상 진실은 아닙니다. 눈에 보이지는 않지만, 현상 너머에 존재하는 '실체'가 있습니다. 이 실체가 현상을 창조하는 근원입니다. 현상에만 집중하면 실체를 놓치기 쉽습니다. 아무리 봐도 초승달은 초승달이고, 보름달은 보름달일 뿐입니다. 현상은 눈에 확연히 보이지만, 그 배후에 있는 실체는 보이지 않습니다. 인간이 위대하고 축복받은 이유는 현상 너머의 실체를 볼 수 있기 때문입니다. 그러한 능력은 특별한 재능이 아닌 우리 내면에 잠재된 감각입니다. 참나로 산다는 것은 이 감각을 깨우고, 이 감각에 의지하여 사는 것입니다.

몸 안에서 쉬어라

이 세상에서 가장 좋은 휴식 공간은 자신의 몸입니다. 몸 안에서 진정한 평안을 찾을 수 있습니다. 편안하게 앉아 눈을 감고 당신의 몸을 느껴보세요. 머리, 얼굴, 가슴, 배, 손끝, 발끝까지 하나하나 정성스럽게 바라봅니다. 당신의 마음이 몸을 지켜보는 순간, 감정의 격랑이 잦아들고 평온해집니다. 몸에 에너지가 차오릅니다. 숨을 들이쉬고 내쉬며 몸속에서 일어나는 변화를 느껴보세요. 당신의 몸은 그 자체로 치유의 공간이자 에너지의 원천입니다. 매일 이 놀라운 공간에서 휴식을 취하며 에너지를 충전하세요.

진정한 자신감

이미 경험했던 것을 자신 있게 하는 것은 진정한 자신감이
아닙니다. 해보지 않은 것, 배우지 않은 것도 마음을 내서
해보겠다고 하는 것이 진정한 자신감입니다.

실수 오케이!

누구나 실수할 수 있습니다. 한 번의 실수에 너무 의기소침하지 마세요. 우리는 실수를 통해 배우고 성장합니다. 자신에게 "실수 오케이!"라고 당당하게 말해주세요. 실수를 인정하는 순간, 뇌의 긴장이 풀리고 다시 시작할 용기가 생깁니다. 그렇게 한 걸음씩 앞으로 나아가면 됩니다.

변화는 바로 지금

누군가에게 욕을 들으면 화가 나기까지 얼마나 걸릴까요? 누군가에게 칭찬을 듣고 기분이 좋아지는 데는 얼마나 걸릴까요? 둘 다 듣는 즉시, 순식간에 바뀝니다. 뇌가 정보를 받아들이는 순간 호르몬이 분비되며 감정이 변화합니다. 그런데 사람들은 삶을 변화시키는 데 오랜 시간이 필요하다고 착각합니다. 우리의 몸과 마음은 어떤 정보를 받아들이는 순간, 즉시 변화하기 시작합니다. 변화는 바로 지금 시작할 수 있습니다. 습관으로 자리 잡는 데는 시간이 걸리지만, 그 첫걸음은 지금 당장 내디딜 수 있습니다.

자연은 서두르는 법이 없다

천지가 이렇게 오랫동안 존재하는 이유는 태양과 달이 자신의 궤도를 지키며 때가 되면 정확하게 뜨고 지기 때문입니다. 자연은 서두르는 법이 없습니다. 오직 사람들만 허겁지겁 움직입니다. 우리는 누구나 자신만의 삶의 궤도가 있습니다. 다른 사람과 비교하지 않고, 스스로 선택한 삶의 궤도를 성실하게 지키는 가운데 깨달음이 있습니다.

소나무 앞에서
뽕나무를 생각하지 마라

울창한 소나무 숲에는 청량한 솔향이 가득합니다. 가슴을 활짝 펴고 그 향기를 깊이 들이마시면 머리가 상쾌해집니다. 솔향을 충분히 느끼려면 마음이 소나무에 머물러야 합니다. 만일 소나무 앞에 서서 조금 전에 지나쳐 왔던 뽕나무를 생각한다면, 오디 열매와 뽕잎을 떠올린다면 솔향을 제대로 느낄 수 없습니다. 당신이 소나무를 찾은 이유는 그 짙은 솔향과 맑은 공기가 필요했기 때문입니다. 소나무 앞에 섰다면, 그 소나무가 전해주는 향기와 산소를 마음껏 즐기세요. 참나를 찾아가는 여정에서도 마찬가지입니다. 수많은 명상법과 여러 멘토를 마주하겠지만, 그때 중요한 것은 비교를 멈추고 참나에 집중하는 것입니다. 소나무 앞에서 뽕나무를 생각하는 것은 시간 낭비일 뿐입니다.

절대 긍정의 힘

무조건 긍정적인 사람은 세상 물정을 모르는 순진한 사람이거나 현실을 직시하지 않는 비이성적인 사람으로 보일 수 있습니다. 하지만 절대 긍정을 실천하는 사람은 특별한 의식을 지닌 사람입니다. 그는 긍정과 부정의 이분법을 초월하여 어떤 상황에서도 빛과 희망을 찾아낼 줄 아는 사람입니다. 꿈과 현실 사이의 거리를 인식하면서도 그 거리를 극복할 수 있는 강한 신념을 가진 사람입니다. 절대 긍정은 단순히 '할 수 있다, 없다'를 넘어선 의식입니다. 진정으로 문제를 해결하고 원하는 삶을 창조하기 위해서는 이 절대 긍정의 의식을 가져야 합니다.

삶과 죽음의 순환 속에서

생명이 있는 곳에는 언제나 생명을 빼앗는 일이 발생합니다. 목마름을 해소하기 위해 마시는 한 잔의 물에도 수없이 많은 미생물이 존재합니다. 다른 생명을 빼앗지 않고는 생명을 유지할 방법이 없습니다. 생명은 서로 얽혀 있으며, 그 안에서 삶과 죽음의 순환이 끊임없이 일어납니다. 다른 생명의 희생 위에서 내 생명이 유지되고 있음을 기억한다면, 모든 생명에 감사와 경외의 마음을 가질 수밖에 없습니다. 사과 한 입을 베어 물 때도, 꽃 한 송이를 꺾을 때도 그 안에 깃든 생명의 가치를 떠올릴 것입니다. 생명의 순환 속에서 나의 역할이 단순한 소비나 파괴가 아닌, 생명을 위한 헌신이 되도록 노력할 것입니다.

현재의 나는 나의 창조물

현재 내 모습을 내가 창조했다고 생각하면 그 사람은 새로운 창조를 할 수 있습니다. 그러나 내 의지와 상관없이 환경이 나를 이렇게 만들었다고 생각하면 앞으로도 내가 원하는 모습을 만들 수 없을 것입니다. 현재의 내 모습이 어떻든 그것이 나의 창조물이라는 자각이 있을 때, 스스로를 변화시킬 수 있습니다.

감사와 축복으로
받아들여라

모든 상황을 감사와 축복으로 받아들이는 사람에게는 불행이 왔다가도 도망갑니다. 불행이 머물지 못하고 떠나버립니다. 반면에 모든 것을 불행으로 여기는 사람에게는 불행이 자석처럼 달라붙습니다. 불행은 그의 마음속에 쉽게 자리 잡고, 어디든 따라다닙니다. 그러나 불행에 무감각한 사람에게는 불행이 접근할 수 없습니다. 그 사람의 뇌에는 어떤 큰 불행도 축복으로 바꾸는 놀라운 변환 장치가 있기 때문입니다.

진실한 마음으로 하라

자신이 정말 최선을 다했다고 느낄 때 마음이 편안하고 당당합니다. 무엇이든 진실하게 임하면 후회가 없습니다. 실패하더라도 그 실패를 담담하게 받아들이고, 거기서 소중한 무언가를 배울 수 있습니다. "나는 힘들 때 잠시 쉬었지만, 절대 포기하지 않았다. 주저앉았다가도 다시 일어나 내가 선택한 길을 향해 앞으로 나아갔다."라고 말할 수 있는 사람은 다른 누구보다 자신이 스스로를 신뢰하고 존경합니다.

죽음도 축복이 된다

삶의 목적을 스스로 정하고, 그 목적을 향해 날마다 성실하게 살아갈 수 있다는 것은 큰 행복입니다. 삶의 목적이 분명한 사람은 자기 삶을 자신이 디자인할 수 있습니다. 그 목적을 위해 살아가는 오늘에 감사할 수 있습니다. 그렇게 쌓인 하루하루가 삶이 되고, 그 삶의 끝에서 맞이하는 죽음은 아름다운 축복이 될 것입니다. 인생의 목적을 알고, 꿈이 있는 사람에게는 삶뿐만 아니라 죽음도 축복이 됩니다.

날마다 새로운 날

같은 날은 단 하루도 없습니다. 오늘은 어제의 연장이 아닙
니다. 어제와는 완전히 다른 날입니다. 그러나 우리가 깨어
있지 않으면, 과거에 사로잡혀 오늘을 어제처럼 습관적으
로 살아가게 됩니다. 어제를 뒤로하고 완전히 새로운 오늘
을 맞이하세요. 매일매일 새로운 마음으로 오늘을 만들어
가세요.

내면의 두 가지 모습

우리의 내면에는 항상 두 가지 모습이 존재합니다. 하나는 자유를 추구하며 진실과 연결되기를 간절히 원합니다. 의지와 열정, 용기로 가득 차 있으며, 진실에 닿기 위해 기꺼이 자신의 모든 것을 걸 준비가 되어 있습니다. 다른 하나는 익숙한 것에 안주하고, 불편한 상황을 피하며, 진실을 마주하는 것이 두려워 끊임없이 도망치려 합니다. 참된 나를 찾아가는 여정에서 누구나 이 두 모습의 자신을 마주하게 됩니다. 그 순간, 언제나 자유와 진실을 갈망하는 자신을 선택하세요.

용서

용서는 타인이 아닌 나 자신을 위한 것입니다. 내 영혼이
증오와 원망으로 고통받는 것을 원하지 않기 때문에 용서
하는 것입니다. 용서에는 용기가 필요합니다. 누군가를 이
해하고 용서할 수 있다는 것은 그만큼 나의 마음 그릇이 커
졌다는 뜻입니다. 강하지 않은 사람은 남을 용서할 수 없습
니다. 자신이 약하다고 느낄 때는 타인에 대한 증오심만 계
속 더 키우게 됩니다. 내 의식이 밝고 강할 때 나에게 고통
을 준 사람도 용서할 수 있습니다.

사랑보다 위대한
에너지는 없다

사랑은 우리 영혼을 깨우는 가장 강력한 힘입니다. 사랑이 가득할 때, 우리의 가슴과 뇌는 자연스럽게 하나로 연결됩니다. 가슴과 뇌가 연결되면 우리는 모든 것을 머리로만 판단하지 않고 진심으로 느끼고 경험할 수 있습니다. 이때 비로소 포용과 용서, 그리고 모든 것에 깊은 감사의 마음을 가질 수 있습니다. 사랑은 우리를 감동하게 하고, 치유하며, 세상에 긍정적인 에너지를 전파합니다. 당신의 가슴을 사랑으로 채우세요. 그 사랑이 세상으로 흘러가 당신과 세상을 회복시킬 것입니다. 사랑보다 더 위대한 에너지는 없습니다.

가짜 장애

아직 아무것도 시도해 보지 않은 상태에서 상상하는 장애는 가짜입니다. 그런 장애는 과거의 기억이나 두려움이 만들어낸 허상일 뿐입니다. 실제로 장애를 만날지 안 만날지는 시도해 봐야 알 수 있습니다. 장애가 있을 것이라 짐작하며 행동을 미루지 마세요. 시도하지 않으면 장애를 극복할 방법도 찾을 수 없습니다. 당신이 상상하는 장애는 머릿속에만 존재할 뿐, 현실은 전혀 다르게 펼쳐질 수 있습니다.

호랑이를 원하면
호랑이를 생각하라

호랑이를 원한다면 마음속에 호랑이를 그려야 합니다. 고양이를 생각하면서 호랑이를 바랄 수는 없습니다. 우리가 품고 있는 이미지에 따라 인생도 그 방향으로 흘러갑니다. 더 긍정적이고 활기찬 삶을 원한다면, 그런 모습을 마음속에 자주 떠올리십시오. 내면 깊숙이 자리한 이미지와 생각이 현실을 창조합니다. 내가 어떤 사람이 되고 싶고 어떤 삶을 꿈꾸는지 명확하게 그릴 때, 그에 맞는 에너지가 삶속으로 흘러들어 옵니다. 우리의 마음과 생각은 단순한 상상이 아니라 현실을 창조하는 강력한 도구입니다.

나는 내 삶의 선구자

선구자는 고독합니다. 앞에서 이끌어주는 안내자가 없기 때문입니다. 선구자는 사방이 깜깜한 속에서도 작은 빛을 발견하고, 그 빛을 향해서 걸어갑니다. 그러다 문득 자신이 보는 그 빛이 환상일지 모른다는 의심에 갈등하기도 합니다. 그러나 누구도 그 빛이 진짜인지 가짜인지 알려주지 않습니다. 스스로 판단해야 합니다. 진정한 선구자는 자신의 영혼에 의지하여 앞으로 나아갑니다. 우리는 모두 자기 삶의 유일무이한 선구자입니다. 많은 이들이 조언을 건네지만, 그 길을 걷는 이는 오직 나 자신입니다. 내 삶의 길에서 끝까지 나를 비춰줄 수 있는 것은 나의 영혼뿐입니다.

나만의 리듬으로
나만의 노래를 불러라

목소리는 강력한 치유의 도구이자 명상 도구입니다. 눈을 감고 가슴에 집중한 채, "아~"하고 길게 소리를 내봅니다. 그 소리에 즉흥적으로 음률을 실어봅니다. 이미 알고 있는 멜로디가 아닌 새로운 음을 창조해 봅니다. 누구도 흉내 낼 수 없는 나만의 노래를 불러봅니다. 이 노래는 어떤 틀도, 정해진 음정이나 박자도 없습니다. 내 안의 느낌을 자유롭게 표현하는 노래입니다. 계속 부르다 보면 자연스럽게 소리의 높낮이와 강약, 리듬이 조화를 이룹니다. 마음이 평화로워집니다. 참된 삶이란 이렇듯 내 리듬을 찾고, 그 리듬을 따라 자유롭게 노래하는 것과 같습니다.

하늘에 맡기기

오랫동안 마음을 괴롭히는 어떤 문제가 있을 때 고요히 앉아 자신에게 질문을 던져봅니다. 내가 어떤 집착에 빠진 것은 아닌가? 내가 붙들고 있다고 해서 해결될 문제인가? 아니라고 생각되면 과감히 놓아버리세요. 그냥 하늘에 맡기는 것입니다. 그 순간 가슴이 시원해집니다.

가슴이 살아 있는 사람

마음 깊은 곳에서 진정으로 감사하는 마음이 우러나온다면 당신은 가슴이 살아 있는 사람입니다. 하루를 보내면서 가슴 속에 감사함이 느껴지지 않는다면 '내가 지독한 욕심쟁이였구나' 하고 인정하길 바랍니다. 그리고 그런 자신을 이해하고 사랑하길 바랍니다. 감사함을 느끼지 못하는 것은 지혜가 부족해서가 아니라 욕심이 있기 때문입니다. 이것을 인정해야 감사하는 마음을 회복할 수 있습니다. 이를 부정하면 자신의 모습을 제대로 보지 못하는 어리석음에 갇힐 수 있습니다. 이제껏 살아오면서 감사함이 부족했다면 오늘부터 더 많이, 더 자주 감사하길 바랍니다. 어떤 상황이 오더라도 감사함으로 맞이해 보세요.

이제 됐다

"이제 나는 나를 찾았다. 나는 나다." 이렇게 선언할 수 있다면 됐습니다. 인생에서 가장 중요한 발견을 한 것으로 충분합니다. 당신의 가슴 속에서 빛나는 그 나를 느껴보세요. 그 빛으로 주위를 환히 밝히고, 그 빛을 북극성 삼아 당신이 원하는 인생을 창조하세요. 진정한 나로 살아가는 것은 자신과 세상에 줄 수 있는 최고의 사랑이고 축복입니다.

내가 나를 낳는다

초판 1쇄 발행 2024년(단기 4357년) 11월 20일
초판 2쇄 발행 2024년(단기 4357년) 11월 28일

지은이 · 이승헌
펴낸이 · 심남숙
펴낸곳 · (주)한문화멀티미디어
등록 · 1990. 11. 28. 제 21-209호
주소 · 서울시 광진구 능동로 43길 3-5 동인빌딩 3층 (04915)
전화 · 영업부 2016-3500 편집부 2016-3532
http://www.hanmunhwa.com

운영이사 · 이미향 | 편집 · 강정화 최연실 | 기획 홍보 · 진정근
디자인 제작 · 이정희 | 경영 · 강윤정 | 회계 · 김옥희 | 영업 · 이광우

ISBN 978-89-5699-483-3 03810